RELIURE SERREE
Absence de marges
intérieures

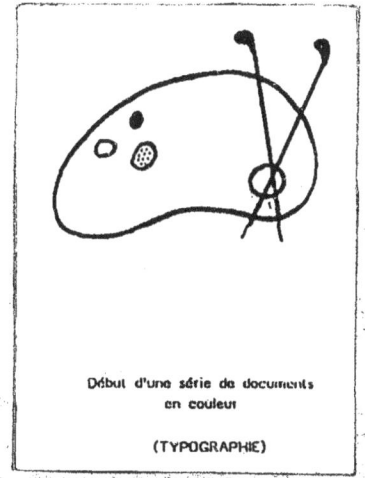

Début d'une série de documents
en couleur

(TYPOGRAPHIE)

LÉON DE TINSEAU

CHARME ROMPU

C · L

PARIS

CALMANN LÉVY, ÉDITEUR

RUE AUBER, 3, ET BOULEVARD DES ITALIENS, 15

A LA LIBRAIRIE NOUVELLE

1888

NOUVEAUX OUVRAGES EN VENTE

Format in-8°.

DUC DE BROGLIE
FRÉDÉRIC II ET LOUIS XV. 2 vol.... 15 »

VICTOR HUGO
TORQUEMADA, 1 vol.............. 6 »

J. BARDOUX
LA COMTESSE PAULINE DE BEAUMONT 7 50

BENJAMIN CONSTANT
LETTRES A MADAME RÉCAMIER, 1 vol. 7 50

COMTE D'HAUSSONVILLE
MA JEUNESSE, 1 vol.............. 7 50

PAUL JANET
VICTOR COUSIN ET SON ŒUVRE, 1 vol. 7 50

L. PEREY & G. MAUGRAS
LA VIE INTIME DE VOLTAIRE, 1 vol...

CH. DE RÉMUSAT
CORRESPONDANCE, 4 vol.........

ERNEST RENAN
NOUVELLES ÉTUDES D'HISTOIRE RELI-
GIEUSE, 1 vol..........

G. ROTHAN
L'ALLEMAGNE ET L'ITALIE, 2 vol....

PAUL DE SAINT-VICTOR
VICTOR HUGO, 1 vol............

JULES SIMON
THIERS, GUIZOT, RÉMUSAT, 1 vol...

Format gr. in-18 à 3 fr. 50 c. le volume.

BLAZE DE BURY vol.
ALEXANDRE DUMAS............ 1
P. BOURDE
DE PARIS AU TONKIN............ 1
ÉDOUARD CADOL
HORTENSE MAILLOT........... 1
Psse CANTACUZÈNE-ALTIÉRI
FLEUR DE NEIGE.............. 1
GABRIEL CHARMES
STATIONS D'HIVER............. 1
ÉDOUARD DELPIT
SOUFFRANCES D'UNE MÈRE.......... 1
E. DESCHANEL
PASCAL, LAROCHEFOUCAULD, BOSSUET... 1
H. DE LA FERRIÈRE
TROIS AMOUREUSES AU XVIe SIÈCLE.... 1
O. FEUILLET
LA VEUVE.................. 1
ANATOLE FRANCE
LE LIVRE DE MON AMI............ 1
JEAN GIGOUX
CAUSERIES SUR LES ARTISTES DE MON
TEMPS.................... 1
GYP
ELLES ET LUI................ 1
LUDOVIC HALÉVY
CRIQUETTE.................. 1
GUSTAVE HALLER
LE SPHINX AUX PERLES.......... 1

H. HEINE
POÉSIES INÉDITES............. 1
F. DE JULLIOT
TERRE DE FRANCE............. 1
F. DE JUPILLES
JACQUES BONHOMME CHEZ JOHN BULL 1
PIERRE LOTI
MON FRÈRE YVES............. 1
MARC MONNIER
APRÈS LE DIVORCE............ 1
MAX O'RELL
LES CHERS VOISINS........... 1
RICHARD O'MONROY
A GRANDES GUIDES........... 1
QUATRELLES
LETTRES A UNE HONNÊTE FEMME... 1
E. QUINET
LETTRES D'EXIL, I ET II......... 1
H. RABUSSON
ROMAN D'UN FATALISTE......... 1
GEORGE SAND
CORRESPONDANCE, I A VI......... 1
Cel TCHENG-KI-TONG
LES CHINOIS PEINTS PAR EUX-MÊMES 1
L. DE TINSEAU
L'ATTELAGE DE LA MARQUISE..... 1
LA MEILLEURE PART........... 1
***
L'IMPÉRATRICE WANDA......... 1
MARIO UCHARD
MADEMOISELLE BLAISOT......... 1

Collection de luxe petit in 8°, sur papier vergé à la cuve.

OCTAVE FEUILLET vol.
JULIA DE TRÉCOEUR............ 1
LUDOVIC HALÉVY
LA FAMILLE CARDINAL........... 1
PIERRE LOTI
LES TROIS DAMES DE LA KASBAH.... 1

PROSPER MÉRIMÉE
CARMEN................... 1
MELCHIOR DE VOGÜÉ
HISTOIRES D'HIVER........... 1
L. ULBACH
INUTILES DU MARIAGE.......... 1

Paris. — Imprimerie Ph. Bosc, 3, rue Auber

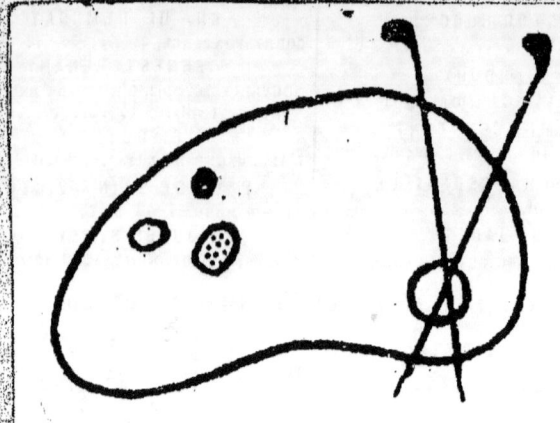

Fin d'une série de documents
en couleur

(TYPOGRAPHIE)

CHARME ROMPU

CALMANN LÉVY, ÉDITEUR

DU MÊME AUTEUR

Format grand in-18

Imprimeries réunies, **B**, rue Mignon, 2.

CHARME ROMPU

PAR

LÉON DE TINSEAU

PARIS

CALMANN LÉVY, ÉDITEUR

ANCIENNE MAISON MICHEL LÉVY FRÈRES

3, RUE AUBER, 3

—

1888

CHARME ROMPU

I

Paul de Chérancy avait monté l'escalier très vite, un escalier confortable mais austère de la rive gauche, non pas une de ces cages étincelantes de gaz, de dorure et de glaces, dont les gens du Paris neuf ne sauraient plus se passer pour leurs visiteurs et pour eux-mêmes. Tant pis pour vous si votre salon, fait regretter l'escalier. Ce qu'il faut soigner, c'est l'impression préliminaire, pensent nos architectes. Nos architectes, et nos couturiers aussi. Le siècle,

1

Dieu merci! ne mourra pas sans avoir vu ces éternels copistes inventer enfin quelque chose : le luxe des escaliers et le luxe des dessous.

Au deuxième étage, Paul s'arrêta et, soulevant son chapeau, s'examina dans le reflet des vitres de la fenêtre, à la lueur de la grande lanterne. Notre sexe est plus coquet que l'autre ne le soupçonne : Chérancy, bien qu'encore jeune, était cependant débarrassé de cette première fleur d'excessive recherche qui disparaît à l'usage, comme le vernis trop luisant d'un meuble. Mais, sans doute, il avait quelque raison spéciale de prendre à cette heure un tel souci de sa tenue. Sans doute il entrait chez une femme à laquelle il désirait plaire. Les hommes de valeur — et Chérancy paraissait en être un — continuent à croire que la chose demande de la peine et qu'elle vaut la peine qu'on peut y prendre.

Les portraits masculins sont ennuyeux s'ils ne sont faits de main de maître. Je me borne donc à dire que mon héros, sans être plus grand, ni plus beau, ni plus sculptural que bien d'autres, n'avait rien, tant s'en faut, qui pût l'empêcher de plaire quand il en éprouvait l'envie. Peut-être une très jeune fiancée eût trouvé à ses trente ans l'air trop sérieux; mais une femme sérieuse eût aimé ses yeux bons, intelligents, fidèles... Vous allez voir qu'il ne s'agissait pas d'une fiancée.

Neuf heures sonnaient au beffroi de la Guerre. Paul ouvrit la pelisse, s'assura que la neige du trottoir qu'il venait de traverser n'avait laissé nul souvenir à sa chaussure et, sans appeler ses yeux au secours de sa main, trouva le bouton d'ivoire dissimulé sous les plis de la draperie sombre. Ce n'était pas, à coup sûr, la première fois ni même la seconde que Chérancy sonnait à cette porte.

Elle s'ouvrit presque aussitôt. Sans faire la question d'usage, le visiteur pénétra dans l'antichambre, où les mains adroites d'une femme vêtue de noir, au maintien respectueux, le débarrassèrent de sa fourrure. Puis, tandis qu'il murmurait un merci accompagné d'un léger signe de tête, une porte intérieure fut poussée devant lui, et il se trouva dans le petit salon de Nadia Fresnel.

Une fois entré, tout ce qu'il y avait dans sa physionomie de gravité calme se fondit en un sourire d'une extrême jeunesse. Son visage s'épanouit, ses yeux brillèrent, et ce fut avec l'aisance presque câline d'un adolescent qu'il posa les genoux sur un coussin traînant là, comme par hasard, l'hypocrite ! Mais une main très blanche, un peu grasse, souverainement soignée, fit, sans hypocrisie, la moitié du chemin au-devant des lèvres qui la cherchaient. Alors, un long baiser à cette main, muet, d'une tendresse passionnée et malgré tout respectueuse.

Baiser d'*avant* ou d'*après?*

Patience, Madame. La suite vous l'apprendra. Convenez seulement que la question est flatteuse pour les deux personnages.

— Quand on m'a dit qu'il neigeait si fort, commença madame Fresnel, j'ai pensé que vous ne viendriez pas. J'avais déjà fait le sacrifice de ma soirée.

— Allons donc! fit Paul, en regardant, comme s'il l'eût aperçue pour la première fois, la main qu'il tenait toujours dans les siennes. Avez-vous jamais vu le mauvais temps m'arrêter?

—Non, certes! Mais, depuis quatre ans, — quatre ans, Paul!... — nous n'avons pas connu d'hiver semblable. C'est le voyage du pôle nord que vous venez de faire, mon ami.

Le voyageur n'était plus à genoux. D'un mouvement très jeune, profondément savant s'il n'eût été naturel, il avait fait cette chose difficile de quitter gracieusement une posture qu'il ne faut point, sous peine de ridicule, prolonger trop. Assis de côté sur le coussin, les bras appuyés sur le fauteuil de Nadia, il répondit:

— Que parlez-vous du pôle nord! C'est tout

le contraire. J'éprouve à cette heure le ravis -
semen: d'un Lapon tombé tout à coup sous
les lauriers-roses d'une princesse des Indes.
Jugez plutôt. J'ai passé l'après-midi dans mon
atelier, glacial en dépit d'une orgie de combus-
tible. Je n'ai vu personne, sauf des ennuyés,
c'est-à-dire des ennuyeux : les gens d'esprit
ne circulent point quand il fait ce temps-là.
Et, par un coup de baguette, c'est-à-dire par
une grêle de coups de baguette sur le dos
d'une pauvre rosse, me voici dans votre bon-
bonnière, où il sent bon, où il fait chaud, où
je trouve l'esprit, le cœur, l'élégance, le
charme... vous enfin! vous Nadia, que j'aime
plus à mesure que les jours passent. Chère!
vous souvient-il du temps où vous ne vouliez
pas croire que je vous aimerais toujours? Le
croyez-vous maintenant?

— Je n'ose pas ; je suis trop superstitieuse.
Ne plus douter de son bonheur, c'est ôter
le verrou au chagrin. Le temps brise les liens
les plus solides, sépare ceux-là mêmes qui

peuvent ne jamais se quitter. Et moi, Paul, je n'ai aucun autre lien que ma tendresse pour vous retenir. Je vous perds de vue pendant de longues heures. Votre vie, pour la plus grande part, m'échappe !

On eût dit, au premier abord, que Nadia Fresnel était une femme ordinaire, si la créature capable de garder pendant quatre ans l'amour passionné d'un homme ne devait être nécessairement la moins ordinaire des femmes. Elle n'avait, à coup sûr, ni la beauté victorieuse qui fait tomber les mortels à genoux, ni celle, plus désirable peut-être, qui les fait glisser dans l'amour comme dans un piège fleuri. On ne pouvait dire qu'elle fût très jeune puisqu'elle approchait de la trentaine, et que l'âge de sa figure ne retardait point sur l'horloge du temps.

Blonde avec ces yeux gris dont la nuance ne reste jamais une heure la même, elle avait le teint trop mat pour une blonde ; mais une bouche exquise et des lèvres d'un rouge vif tran-

chaient sur cet ensemble un peu froid, à la
façon d'une fleur des Tropiques transplantée
par caprice sous le ciel du Nord. Elle avait
pris de sa mère, une Russe, l'or pâle de sa chevelure, ses yeux couleur de nuage, son prénom
exotique et tout le côté fantasque, rêveur avec
des réveils passionnés, d'une nature mal équi-
librée et fertile en contrastes. Du baron de
Montsuzain son père, elle avait reçu le sang
riche, la santé solide, l'âme généreuse et
droite d'une vieille race de notre Midi. Elle
n'avait pas douze ans — sa mère était déjà
morte alors — que son père disait d'elle :

— Cette enfant m'effraye comme une matinée brûlante dans un ciel couvert. Je souhaite
à mon futur gendre de n'avoir pas peur du
tonnerre.

Ce qu'il aurait fallu souhaiter avant tout à
cet inconnu, qui prit plus tard les traits sédui-
sants du jeune Maxime Fresnel, un élégant
Bordelais, c'eût été d'avoir peur du mépris des
honnêtes gens, et même de certains articles

rébarbatifs du Code. La pauvre Nadia n'eut
que trop d'occasions d'utiliser son tonnerre, et aussi la pluie amère de ses larmes.
Les quatre premières années de son mariage
furent une longue et cruelle succession de
tous les désenchantements qui peuvent atteindre le cœur et l'orgueil d'une femme. Par
bonheur pour elle, — un bonheur assez relatif, il faut l'avouer, — Bordeaux a l'avantage
précieux d'être la tête d'une ligne de paque-
bots sur l'Amérique du Sud.

Certain soir, au moment où la *Patagonia*
rentrait ses amarres, un passager fort enrhumé,
à en croire le luxe de ses cache-nez, prit pas-
sage à bord et chercha promptement dans sa
cabine un abri contre la fraîcheur, ennemie des
poumons délicats. Presque à la même heure,
madame Fresnel, à qui Maxime n'avait pas
pris le temps de dire adieu, s'évanouissait de
frayeur et de honte en recevant la visite de
deux hommes noirs, sortis d'un endroit non
moins sombre, et manifestant le désir de ne

1.

pas y rentrer seuls. A fouiller la maison, de la cave au grenier, ils perdirent un temps précieux, ou plutôt ils le gagnèrent. La famille Fresnel a des relations influentes, et la police, parfois, ne veut pas trouver les gens qu'elle cherche. La *Patagonia* put descendre la rivière sans encombre. Oncques, depuis, n'entendîmes-nous parler du beau Maxime, sauf dans une circonstance grave dont le récit viendra en son temps.

La première chose que fit Nadia, bientôt fixée comme tout le monde sur les causes du départ soudain de son seigneur et maître, fu t d'obtenir sa séparation. La seconde fut de s'établir à Paris, sans autre fortune que sa dot assez modeste; car elle n'avait pas voulu souffrir que son avocat, le fameux Lucien Sireuil, demandât un sou pour elle. D'ailleurs, l'absence d'enfants simplifiait tout. Même après le vote de la loi du divorce, on n'avait pu obtenir qu'elle en profitât pour reprendre le nom qu'elle avait porté jeune fille.

— A qui cela ferait-il plaisir? demandait-elle. Pas aux derniers Montsuzain assurément, — une branche éloignée, — qui n'éprouvent nul besoin d'être remémorés de la mésalliance d'une des leurs, mésalliance bien punie! Quant à moi, comme catholique, le divorce m'est pratiquement inutile. Comme femme bien élevée, il me répugne. J'aime encore mieux ma robe tachée que reteinte.

Au moment où commence cette histoire, il y avait sept ans que Maxime Fresnel était parti, et tout près de six que Nadia, fuyant les souvenirs de Bordeaux, s'était installée dans son petit appartement du boulevard Saint-Germain, qui ne lui coûtait pas mille écus par an, tous frais compris. Rarement femme séparée sut arranger son existence d'une façon plus digne. Servie sans luxe, mais avec une irréprochable correction, par deux femmes dévouées, elle jouissait dans son intérieur d'un confortable ignoré le plus souvent par des femmes vingt fois plus riches.

Quant à ses relations extérieures, elles trahissaient non point le mystère d'une déclassée qui se cache, mais la réserve un peu dédaigneuse d'un goût difficile qui s'abstient du médiocre.

En dehors du noyau de parents éloignés disséminés dans quelques vieux hôtels de la rive gauche, qui voyaient la jeune femme juste assez pour témoigner qu'ils n'avaient pas pris parti contre elle, Nadia ne possédait qu'une relation vraiment intime, relation d'amitié et de famille tout à la fois. Mais elle trouvait dans Claire de Chalonne, sa cousine germaine, tout ce qu'on peut attendre de la plus fidèle des amies et de la plus tendre des parentes.

Malheureusement pour Nadia, cette tendresse n'avait guère que les lettres pour s'épancher. Très bien et très richement mariée, mère d'une fillette adorable, l'une des châtelaines les plus à la mode de l'opulente presqu'île comprise entre la Dordogne et la Gironde, la comtesse de Chalonne ne pouvait venir à Paris qu'une fois chaque année, au printemps, et seulement pour quelques semaines. En automne, madame Fresnel lui rendait sa visite à la Prée, et c'était tout. Le reste du temps, on causait par lettres.

En arrivant à Paris, Nadia s'était juré de « ne voir personne », serment que se font toutes les femmes dans sa situation, je parle des meilleures. Avec le temps, rendue moins rigide par certaines heures plus longues d'ennui et de tristesse, elle s'était fait à elle-même quelque crédit sur son engagement. A deux ou trois femmes qu'elle croyait tout à la fois amusantes et sans reproche, elle avait entr'ouvert sa porte. Elle avait franchi de son côté celle que deux ou trois salons non moins amusants, et — toujours dans son opinion — non moins irréprochables, avaient ouvertes devant elle. Bientôt, la pauvre isolée avait reconnu qu'il fallait en rabattre. Ici, l'on ne s'amusait pas assez, ce qui ne faisait pas le compte de son ennui. Là, on s'amusait trop, ce qui ne faisait pas le compte de sa sagesse.

De ces excursions plus ou moins dange-
reuses en terrain étranger, Nadia n'avait
guère retenu, en somme, qu'un salon où on la
voyait assez rarement et une amie de bonne
composition, chez qui elle ne mettait jamais
les pieds, mais qu'on voyait fréquemment chez
elle. Le salon était celui de la générale Sauteyron, précisément l'un de ceux qui semblaient le moins faits pour madame Fresnel.
L'amie était une bourgeoise, à figure de gri-
sette engraissée, qu'elle était d'ailleurs, la
femme de l'architecte Lavissière, un personnage assez riche et non point sans talent. Lavissière était le gérant de la maison habitée par
Nadia. Derrière Monsieur, Madame s'était faufi-
lée, cherchant une recrue pour son salon à elle,
véritable tonneau des Danaïdes qui se vidait
par un bout à mesure qu'on l'emplissait par
l'autre, si bien qu'on n'y voyait jamais deux
semaines de suite les mêmes figures.

En fait d'hommes, en dehors de Paul de

Chérancy, un seul avait régulièrement ses
entrées chez elle ; mais le temps lui manquait
pour en user souvent. Je parle de Lucien
Sireuil, le vieux maître du barreau, jadis son
conseiller, maintenant son ami, et dont elle
appréciait l'esprit comme Paris entier l'ap-
précie.

— Pauvre Nadia ! direz-vous. Socrate lui-
même, avec si peu d'intimes, se fût trouvé fort
à plaindre.

D'accord ; mais Nadia n'était point un phi-
losophe. C'était une femme, une femme amoureuse et tendrement aimée. Jamais, depuis
qu'elle connaissait Paul de Chérancy, la maison de son cœur ne lui avait paru trop grande.

II

Voici comme ils s'étaient connus.

Quatre ans plus tôt, Paul, revenant des Pyrénées vers le milieu de l'automne, s'était attardé plus que de raison au buffet de Bordeaux. Tout d'un coup, on vint lui dire que le train partait, emportant ses bagages, son sac, ses couvertures et jusqu'à son chapeau, laissé prudemment comme preuve d'occupation légitime de sa part du territoire de la banquette.

Menacé d'une des catastrophes les plus fâcheuses qui puissent atteindre un voyageur

distrait, Chérancy ne fit qu'un bond hors de
la salle. Franchir une muraille de wagons vides
malicieusement arrêtés devant lui; éviter,
avec l'audace d'un toréador, l'attaque d'une
locomotive en manœuvre; terrasser un facteur
à cheval sur le règlement; se suspendre à la
poignée d'une voiture glissant déjà sur les
rails, ce fut pour lui l'affaire de vingt secondes. Il ouvrit la portière du compartiment,
trébucha dans un amas de jupes et tomba,
plus qu'il ne s'assit, dans le seul coin vide.
Alors, tout en soufflant un peu, il s'occupa de
passer en revue ses trois compagnons, qui
étaient trois compagnes.

—Mon Dieu! s'écria-t-il avec l'accent d'une
terreur qui n'était pas feinte, serais-je dans le
wagon des dames seules!

Deux des voyageuses, la mère et la fille, le
rassurèrent à la fois par deux syllabes prononcées d'un air de bonne humeur assez commun chez les Anglaises, quand elles voyagent
sans l'ennuyeuse société de leurs hommes:

— Oh! nô !

La troisième ne dit rien et, même, on pouvait croire qu'elle ne s'était point aperçue de l'entrée de ce projectile humain. La tête hors de la voiture, les yeux fixés dans la direction du quai qui fuyait en arrière, elle envoyait de petits baisers discrets à un être invisible. Bientôt, le train ayant quitté la gare, elle s'assit à sa place, résignée, et plongea plusieurs fois son visage voilé dans un superbe bouquet de roses.

Chérancy la trouva plutôt insignifiante. Elle était enveloppée d'un cache-poussière de soie jaunâtre, orné de rubans marrons, et ses gants étaient de la même couleur bourgeoise. Ajoutez qu'ils atteignaient à peine le chiffre de boutons qui est le *tempéré* du thermomètre de l'élégance. Enfin, même sans avoir les yeux de Paul, c'est-à-dire les yeux d'un peintre renommé pour son goût, on pouvait juger que les roses du bouquet de la dame valaient mieux que les roses de son chapeau, lequel, en somme, lui allait fort mal.

— Avec tout cela, pensait le voyageur four-
voyé, je ressemble à un oiseau tombé du nid.
Pas un journal, pas un livre, et surtout pas un
cigare. D'ailleurs, que ferais-je d'un cigare
dans ce gynécée? Heureusement qu'à Libourne
je retrouverai ma maison roulante, mon
mobilier, et tous mes droits d'homme libre.

Pour s'occuper pendant ces quarante minutes, il étudia sa voisine d'en face.

— Allons, bon ! voilà qu'elle pleure, maintenant. Qui diable est-ce donc qu'elle quitte ?
Un mari ? Le mari serait venu à la portière
et, d'ailleurs, un mari ne donne point des
fleurs si belles. Quand je disais... La voilà
qui bécote ses roses ! Hé ! Madame ! je me
prive de fumer devant vous. Ne feriez-vous
pas bien de me rendre ma politesse ? Qui vous
dit que je ne crains pas l'odeur de l'amour...
chez les autres ? Peste soit de la pleurni-
cheuse ! Me voilà dans le noir pour jusqu'à
demain.

Il faut dire que, précisément, Chérancy
venait de courir les montagnes afin de secouer
l'amertume d'une trahison féminine arrivée
plus tôt qu'il ne devait raisonnablement s'y
attendre. La blessure était guérie, car elle
avait été de profondeur médiocre. Mais, la
douleur passée, le vide apparaissait. Plus personne à qui donner des roses. Plus personne
qu'il eût du chagrin à quitter. Plus de ces
embarquements qui brisent le cœur, auxquels
on assiste caché dans un coin, mordant sa
moustache, sans avoir l'air de connaître celle
qui part. Lui aussi, jadis, avait recueilli de
ces baisers qui arrivent invisibles à leur
adresse, de ces larmes qui coulent mystérieu-
sement, larmes qui désolent, mais qui rendent
si heureux et si fier ! Lui aussi avait aimé !

En ce moment, Paul fit la découverte suivante, qui le découragea beaucoup et le
rendit d'humeur massacrante : c'est que,
pour une nature idéale et tendre, l'absence
d'amour est plus lourde à porter que toutes

les souffrances dont l'amour est cause.

C'était bien la peine d'avoir serré les poings de rage, d'avoir maudit, d'avoir connu le suprême élancement de la dernière fibre tranchée, d'avoir demandé l'oubli à la fatigue des marches, à la sueur des ascensions, à la pluie glacée des cimes! C'était bien la peine d'avoir traversé cette crise, pour se sentir frappé d'un trait d'envie et de regret à la vue d'une larme tombant des yeux d'une inconnue!

Alors il fit appel à son bon sens, à sa rancune mal effacée, à l'expérience qu'il avait des femmes.

— Qu'est-ce qu'*il* a donc trouvé de séduisant dans celle-ci? Jolie, elle ne l'est pas; élégante, non plus; amusante, pas trop, je pense; vicieuse, encore moins. Elle a bon cœur. Parbleu! elles ont toutes bon cœur — pendant quelque temps. Si je voulais m'en donner la peine, Madame, vous seriez trois fois infidèle — par le regard — avant une demi-heure d'ici.

Comme il n'avait rien de mieux à faire, il
se donna cette peine, mais ce fut du temps
perdu. Le train longeait la rive de la Gironde
marbrée d'immenses plaques d'or foncé par
un coucher de soleil admirable. Déjà les clo-
chers de Bordeaux et les mâts du port s'enfon-
çaient au loin dans une brume violette.
Quelques navires à voile, se laissant dériver
au jusant, paraissaient autant de barques à
côté d'un transatlantique monstrueux qui les
balayait dans sa traîne de fumée noire. C'était
sur ce colosse qu'étaient rivés les yeux de
l'inconnue, toujours mouillés de larmes, et
Paul eût été bien surpris s'il avait pu deviner
quels souvenirs remuait dans l'âme de sa
voisine la vue de ce paquebot gagnant le
large.

Par un coup d'aile brusque, l'express quitta
le fleuve et se plongea dans une campagne banale et sans poésie. Alors, avec un gros soupir,
sans s'apercevoir qu'elle avait un vis-à-vis,
l'inconnue sécha ses yeux, donna congé à son

chagrin ou à son rêve, et s'accommoda pour dormir.

O métamorphose soudaine ! Quand elle eut enlevé le disgracieux chapeau qui cachait trop une admirable chevelure blonde, quand elle eut jeté sur cet or une dentelle noire nouée à la diable sous le menton, cette femme parut subitement jeune, élégante, jolie. D'un seul mot, nos arrière-grands-pères l'eussent dépeinte en disant qu'elle était *touchante*.

Chérancy ne la quittait pas des yeux et, pour l'instant, regrettait moins son étui à cigares que son crayon et son album. Ce fut bien autre chose quand elle s'étendit sur les coussins, après avoir remercié d'un regard — enfin ! — et de deux mots prononcés d'une voix singulièrement douce, l'obligeant voisin qui venait de la débarrasser d'un lourd nécessaire. Elle s'était allongée sans pruderie niaise, d'un seul mouvement d'une harmonie parfaite, révélant une souplesse féline. Le peintre admira qu'elle eût pris d'instinct la pose la plus gra-

cieuse, précisément celle qu'il aurait choisie
pour elle, profil un peu fuyant, tête abandonnée, bras très lâches et comme fatigués entourant le bouquet de roses. Et, peu après, ainsi
qu'un enfant lassé et consolé tout à la fois par
ses larmes, elle s'endormit, les lèvres disjointes
en un demi-sourire. Mais ces lèvres rouges,
épanouies, savoureuses, n'avaient rien de la
bouche d'un enfant.

Immobile dans son coin comme un spec-
tateur bien placé pour jouir de la mise en
scène, Paul ne se demandait plus ce qu'on
pouvait trouver de séduisant dans cette « petite
femme ». Il jouissait en artiste, en homme
aussi, du changement à vue et, fort indiscrè-
tement, cherchait à se figurer jusqu'où, à certaines heures, la transformation pouvait s'é-
tendre. Cependant, le train ralentissait pour
l'arrêt de Libourne. Chérancy, qui savait l'an-
glais, entendit miss Trois Étoiles dire à sa mère :

— J'espère bien que ce monsieur va retourner dans son wagon, maintenant.

De fait, en n'y retournant pas, il se donnait les apparences d'un sot qui nourrit des espoirs ridicules d'aventure. Et, cependant, il était bien décidé à garder sa place. Que faire ? Il tourna la difficulté en faisant semblant de dormir. Pour un peu, il aurait ronflé, le lâche ! Tout homme, en présence d'une femme qui l'occupe, devient plus ou moins faible, ridicule et petit. Lecteur, qui n'avez point connu le plaisir de ces douces lâchetés, mon héros attend de vous la première pierre !

On était au milieu de la nuit. Les deux Anglaises, dans des poses rigidement austères, bravaient stoïquement la courbature et les inconvénients de toute sorte résultant du voisinage d'un compagnon mâle. A chaque arrêt du train, Paul avait eu le plaisir de s'entendre vouer aux dieux infernaux dans la langue de Shakspeare, avec des commentaires malveillants. Mais il avait moins envie que jamais de quitter la place d'où il pouvait admirer l'effet idéal d'un rayon de lune, baignant le haut du

2

corps de la jeune femme endormie; contem-
plation étrange, accompagnée de cette fièvre
de l'insomnie. qui exagère les impressions, et
de l'excitation des nerfs fouettés par une course
rapide. A certains moments, il croyait voir le
front pur, les bandeaux dorés, les yeux chastement clos d'une belle sainte endormie sur un
vitrail gothique. D'autres fois, avec la tache
pourpre de ses lèvres souriantes, elle semblait
une Diane amoureuse, feignant, elle aussi,
d'être endormie, pour ôter toute crainte à un
Endymion timide.

Ainsi les longues heures se passèrent. Souvent la dormeuse revenait à elle, trouvant toujours Paul sur le qui-vive, prêt, sans qu'elle
eût besoin de parler, à relever la glace, à tirer
le rideau de la lampe, à jeter un châle sur les
petits pieds refroidis par la nuit trop fraîche.
Elle lui disait un simple merci, et, pour entendre ce seul mot prononcé d'une voix molle,
Chérancy eût jeté les deux Anglaises par la portière.

A Brétigny, le jour vint. L'inconnue s'éveilla, remit en ordre son bouquet, s'aperçut qu'une rose rouge, la plus belle de toutes, manquait à l'appel et la chercha des yeux sur le tapis. A voir l'empressement fallacieux de Paul à aider sa recherche, elle comprit où avait passé la rose, et immédiatement sa contenance, déjà réservée, devint marmoréenne. Paul, bien réveillé, c'est-à-dire revenu de ses divagations nocturnes, glacé d'ailleurs par le froid du matin, sans chapeau, sans l'ombre d'une brosse, absolument certain d'avoir été ridicule et jugé comme tel, en voulait à tout le monde, à commencer par lui. D'ailleurs, la dame aux roses avait remis son chapeau et n'était plus jolie. Le « songe d'une nuit d'été » finissait par un rhume de cerveau.

Paul avait comploté, durant toute la nuit, mille manœuvres savantes de détective pour l'arrivée. Il n'en exécuta aucune, et, sautant à terre dès l'arrêt du train, il courut au compartiment où il était monté la veille à Pierre-

fitte. Aussi bien, parmi ses compagnons qu'il
ne connaissait pas, pouvait se trouver un amateur du bien d'autrui. Bref, il prit congé, par
un simple salut, de la jeune sainte endormie et
de la Diane en rupture d'Olympe qu'il dévorait
des yeux trois heures auparavant.

Mais, comme il fallait que sa mauvaise humeur se passât sur quelqu'un, il dit à miss
Trois Étoiles dans le plus irréprochable an-
glais :

— Pardonnez-moi la gêne qu'a pu vous causer ma présence. Votre serviteur très humble,
Mademoiselle.

Rentré dans son appartement de la rue de
l'Arcade, Paul se coucha, dormit jusqu'à onze
heures, prit un bain, et, tandis qu'on préparait son déjeuner, il se mit en devoir de
classer le monceau d'objets qu'il avait tirés
de ses poches. Une rose rouge, qui n'avait
pas été cueillie pour lui, vint rappeler
à sa mémoire ses exploits de la nuit précédente.

— Parbleu ! pensa-t-il en se frappant le front, je tiens le sujet d'une de mes toiles pour le Salon de l'année prochaine.

III

L'automne se passa, et l'hiver aussi. Le,
1er mai, les portes du Salon s'ouvrirent, selon
leur habitude, et les deux toiles de Chérancy
furent au nombre des plus remarquées.

L'une représentait un épisode de chasse, son
sujet favori. L'autre, inscrite au livret sous ce
titre : *En wagon,* fut un des tableaux de genre
les plus populaires de l'année. Le peintre s'é-
tait borné à reproduire ce qu'il avait vu — ou
cru voir. Après avoir rendu de souvenir, aussi
bien qu'il l'avait pu, la pose charmante, les
traits, l'expression ambiguë du visage de la

voyageuse endormie, et cet effet de lune qui l'avait tant séduit, Paul s'était amusé à compléter les détails avec une exactitude rigoureuse. Rien ne manquait, ni le décor du wagon, ni le costume fidèlement conservé, malgré sa simplicité peu décorative, ni le bouquet épars sur les genoux de la jeune femme couchée, ni la rose rouge, retrouvée, et frappant le tapis d'une tache écarlate.

— Ce qui serait drôle, pensait le peintre, ce serait qu'elle vît mon tableau et qu'elle s'y reconnût. Parbleu ! je suis curieux de savoir ce qu'elle ferait.

Elle ne fit rien, et cependant on ne pouvait guère admettre qu'elle n'eût point vu la toile. Non seulement l'œuvre avait attiré tout Paris par sa note vraie, moderne, amusante, et par sa facture délicatement spirituelle, mais encore tous les journaux d'images l'avaient expédiée, à l'état de reproduction, dans les bourgades les plus perdues de France.

Paul avait bien reçu des offres de quelques

marchands de tableaux, mais il ne se pressait
pas d'y répondre. Son œuvre lui plaisait, et il
songeait à la garder pour lui. D'ailleurs, il
était sûr de s'en débarrasser quand il voudrait.
L'autre toile, d'une valeur moindre, était déjà
vendue un prix fort agréable.

Un jour, à l'approche de la clôture du Salon,
Chérancy reçut par la poste un billet ainsi
conçu :

« La comtesse de Chalonne serait fort obligée à M. Paul de Chérancy de vouloir bien fixer
un prix pour sa toile exposée sous le n°... »

(*Hôtel Vouillemont*).

— Elle y a mis le temps, mais, enfin, je la
tiens, pensa l'artiste fort amusé de l'aventure.
Une comtesse ! Eh bien, je m'en doutais. Aujourd'hui, les femmes de l'aristocratie se dis-
tinguent des bourgeoises par la simplicité de
la tenue. Quant à lui faire payer mon tableau,

parbleu non ! Je ne veux pas lui prendre son
argent, à cette provinciale ; car c'est une provinciale, puisqu'elle descend à l'hôtel. On se
fera prier pour accepter le présent, puis on
cèdera, et l'on se tirera d'affaire en envoyant
un bibelot au peintre. En attendant, je vais la
voir et, si c'est une femme d'esprit, la rencontre sera drôle.

C'est ainsi que Paul recommençait la fable
de la laitière, et, certes, personne n'aurait pu
taxer d'impertinentes les ambitions de cette
Perrette désintéressée. Perrette ne sautait
point ; mais elle prenait par avance beaucoup
de plaisir à son histoire et, non sans quelque
impatience, elle attendait qu'il fût temps de
partir pour le marché.

En déjeunant à son cercle, Chérancy se ren-
seigna.

— Les Chalonne, lui dit un ami, sont des
gens de qualité. Ils habitent un château près
de la Grave d'Ambarès. Le marquis doit être
fort âgé. Quant au comte, on le voyait à Paris

avant son mariage. Depuis, il est calfeutré dans ses terres. C'est un vigneron convaincu, et d'ailleurs fort riche. On dit que sa femme est très belle...

— Pas si belle que ça, répondit Paul, mais très gracieuse.

— Vous la connaissez donc ?

Chérancy ouvrait la bouche pour dire que tout Paris la connaissait par une certaine toile du Salon. Mais il aurait fallu conter l'épisode qui pouvait donner lieu à des interprétations saugrenues. Il s'arrêta court, parla d'autre chose et, la pendule marquant deux heures, il sortit pour gagner la rue Boissy-d'Anglas. Son siège était fait quand il monta l'escalier, c'est-à-dire qu'il avait bâti d'avance un colloque léger, spirituel, avec une pointe de galanterie comme il faut et de malice de bonne compagnie : une scène de Marivaux, modernisée par Feuillet. Comme de raison, il gardait pour lui le beau rôle ; quant au dénouement classique, il faudrait bien s'en passer, Angélique étant mariée, à ce qu'il venait d'apprendre.

Une péripétie imprévue fit tomber la pièce
dès le lever du rideau. Paul fut introduit, sur
l'exhibition de sa carte de visite, en présence
d'une grande femme brune, à l'air imposant,
très belle, qui gantait en ce moment, pour
sortir, des mains comme les artistes n'en pei-
gnent pas souvent. La toilette était d'une personne qui se rend justice, mais tempère l'effet
de sa beauté plus qu'elle ne la souligne. Une
jolie fillette de sept ans, portant à la façon
d'une hallebarde le parasol maternel, regardait fièrement approcher l'étranger. Le garde
du corps était digne de la reine par sa gen-
tillesse, et tout le tableau respirait une grâce
exquise ; mais Chérancy ne s'occupait guère
du tableau qu'il avait sous les yeux, ni de
l'autre, celui qu'il était venu vendre. Il ne
voyait qu'une chose, c'est qu'on lui avait changé
son inconnue. D'un air préoccupé, il dit :

— Pardon, Madame... La comtesse de
Chalonne... ?

L'inconnue brune eut, pendant une demi-
seconde, la mine d'une personne qui s'amuse
beaucoup; puis elle reprit son grand air et
répondit :

— C'est moi, Monsieur.

La petite fille semblait tomber des nues à
l'aspect de cet Iroquois qui ne connaissait pas
la comtesse de Chalonne.

— Monsieur, dit la mère en indiquant un
siège, vous êtes trop bon de vous être dérangé
pour me répondre. Deux lignes suffisaient :
votre toile est charmante, et j'espère qu'elle
est à moi.

— Mon Dieu! Madame, elle n'est pas à
vendre, répondit Paul, très mécontent d'amuser les autres là où il comptait s'amuser lui-
même.

— Et c'est pour me dire cela que vous
êtes venu ? fit la comtesse en enveloppant
Chérancy d'un regard où perçait presque de
la colère.

On était loin de Marivaux. Paul, acceptant

le combat, ne fit pas attendre la riposte :

— J'étais venu pour voir la personne qui
me faisait l'honneur de m'écrire.

— Et maintenant que vous l'avez vue... ?

— Maintenant que je l'ai vue, je sens doubler mon regret de ne pouvoir satisfaire
son désir.

A la flamme qui brilla dans les yeux de son
interlocutrice, Paul comprit qu'elle n'était
point habituée à ce qu'on lui tînt tête. La
petite fille, rouge d'indignation, semblait
n'attendre qu'un signe de sa mère pour
étendre mort à ses pieds cet audacieux. Déjà
madame de Chalonne se levait, laissant Paul
maître du champ de bataille. C'est à ce moment, d'ordinaire, que nous commençons à
plier, nous autres, quand l'ennemi est une
femme. Pour peu qu'elle soit jolie, c'est une
déroute.

— Madame, fit Chérancy, daignez m'écouter.
Je suppose que le hasard m'ait fait voyager
avec vous une nuit tout entière, et que vous

3

ayez dormi consciencieusement d'un bout du
trajet à l'autre ; je suppose encore, et la chose
n'a rien d'invraisemblable, que j'aie vu là le
sujet d'un tableau fort agréable, — le mien
vous paraît tel puisque vous voulez l'acheter ;
je suppose, enfin, que le tableau soit fait
avec une ressemblance de mémoire peut-être
assez grande ; aimeriez-vous le voir tomber en
des mains inconnues ?

— Non ; mais je n'aimerais pas beaucoup
mieux le voir rester dans l'atelier du peintre,
au milieu d'études plus ou moins... ba-
nales.

— En venant ici, je pensais, je l'avoue, me
trouver en présence de mon modèle, ou plutôt de mon inspiratrice. Et, dans ce cas, ma
réponse ne pouvait être douteuse.

Claire de Chalonne parut subitement très
radoucie. Elle réfléchit un instant, puis elle
dit :

— Vous parlez en homme délicat, Monsieur.
Voulez-vous me croire sur parole si je vous

dis que votre toile, acquise par moi, passera
directement aux mains de son inspiratrice,
comme vous l'appelez ?

— Je ne puis l'appeler autrement, puisque
j'ignore son nom. Dites-lui donc que la toile
est à elle.

— Merci, Monsieur. Mais il reste à convenir...

— Du prix ? Non. Un artiste amateur,
comme j'ai le malheur d'en être un, a le droit
de ne pas faire payer ses tableaux. Je n'espé-
rais pas d'autre payement que le plaisir de
revoir une gracieuse femme à qui je dois,
après tout, des excuses pour l'avoir fait poser
à son insu. Vous lui direz cela, Madame. Elle a
sans doute ses raisons pour ne pas se montrer
à moi. Je les respecte, quelles qu'elles
puissent être ; mais votre amie aurait pu, je
vous assure, compter davantage sur la discrétion d'un galant homme.

Il songeait à ces baisers confiés aux zéphyrs,
à ces roses baignées de larmes, et se disait

qu'apparémment la voyageuse de l'automne passé redoutait une confrontation avec leur témoin involontaire.

La sonnette retentit à la porte de l'apparte-ment, et madame de Chalonne parut soudain fort contrariée, au point que le sang monta vers ses joues. Enfin, se résignant au seul parti à prendre :

— Va ouvrir, Marthe, dit-elle à sa fille.

Presque aussitôt l'on entendit des exclama-tions de joie, des bruits de baisers, et l'en-fant reparut en sautant comme un cabri et en criant à sa mère :

— Tante Nadia ! tante Nadia !

La tante Nadia fit son entrée ; c'était l'in-connue du wagon. Depuis le jour du vernis-sage, elle avait la tête plus montée qu'elle ne voulait bien le dire par le tableau de Ché-rancy. Depuis une semaine, elle avait laissé à sa prudente cousine, sur les conseils de celle-ci, le soin de négocier avec le peintre sans paraître elle-même. Elle mourait d'envie de posséder la toile; mais elle ne voulait pas de roman et Claire de Chalonne, son ange gardien, en voulait encore moins qu'elle. Ce voleur de roses — car elle savait toute l'histoire — ne disait rien de bon à la sévère parente.

On eût bien étonné Nadia, on l'eût désappointée aussi peut-être, en lui disant que la rose n'était pas au fond d'un coffret, que le peintre ne l'avait pas baisée à journée faite, tandis qu'il brossait la fameuse toile. Quant à celle-ci, les deux cousines étaient tombées d'accord que c'était un artifice ingénieux pour retrouver Nadia. Au fond, elles n'avaient pu s'empêcher d'admirer cette ruse. Rien de tel que les femmes très honnêtes pour voir du roman partout. Il faut ajouter qu'elles n'en ont pas toujours une peur aussi sincère que madame de Chalonne et sa parente l'avaient dans la circonstance.

Avec tout cela, l'ennemi était dans la place; mais il faut avouer qu'il n'eut point d'abord

l'air d'un vainqueur prêt à commencer le pil-
lage. Il regardait Nadia, mais sans projets bel-
liqueux, seulement pour voir s'il l'avait faite
ressemblante, et il eut le plaisir de constater
le succès. Sous ce regard, Nadia sentait courir
de petits frissons. Quant à Claire, observatrice
plus calme, elle s'était subitement rassurée,
en quoi elle n'avait pas raison; car Paul de
Chérancy commençait à retrouver sa compagne de voyage, avec sa grâce émue et capti-
vante. Et, cette fois, si l'imagination était moins
intéressée, quelque chose qui ressemble fort
au cœur l'était davantage.

La conversation s'établit; mais les deux
femmes en firent les frais. Décidément, la
comtesse de Chalonne n'avait pas la main
heureuse. En voulant fermer la porte au
roman, elle ouvrait la fenêtre. Grâce à elle,
Paul apprit l'histoire du bouquet. Les roses
avaient été cueillies par Claire elle-même, et
c'est à celle-ci, venue à la gare pour recon-
duire sa cousine, que s'adressaient les larmes

et les baisers de Nadia. Ainsi le terrain était
libre, ou du moins pouvait l'être, et Chérancy
reçut cette nouvelle avec un plaisir qui l'étonna
lui-même.

On se quitta là-dessus. Comme de juste, le
peintre avait eu un geste superbe quand on
était revenu à la question financière.

— Je demande une seule chose, avait-il dit.
J'ai mon amour-propre d'artiste et je tiens à
ce que mon œuvre atteigne complètement la
ressemblance. Il faudra que madame prenne
la peine de venir une ou deux fois dans mon
atelier pour quelques retouches d'après nature.

Que répondre à une demande si juste ?
Madame Fresnel vint poser deux fois, escortée
par Claire. Marthe, devenue la grande amie
de Paul depuis qu'il se conduisait si bien,
chaperonnait sa mère et sa tante. Il fallut que
madame de Chalonne emportât par-dessus le
marché un crayon de sa fille, enlevé en deux
heures, et qui était une charmante chose.

Enfin, la mère et la fille retournèrent à la Prée. Le peintre avait demandé et obtenu la permission d'aller livrer son tableau lui-même...

Quatre ans après, comme on l'a vu en tête de ce récit, la livraison n'était pas finie.

IV

Il faut, pour la prolongation du bonheur conjugal, une réunion difficile à rêver de vertus, d'abnégations, de convenances réciproques et même de hasards extérieurs. Pour rendre une « liaison » mondaine, je ne dirai pas longtemps délicieuse, mais longtemps possible, il faut un assemblage de conditions bien autrement rares.

Les caveaux du Panthéon suffiraient, pour la fin du siècle, à la sépulture des maris qui ont eu le talent de garder jusqu'au bout leurs femmes fidèles, tout en les gardant heureuses;

3.

qui ont su en faire des saintes, sans en faire des
martyres. Mais que penser de l'homme prodi-
gieux qui, pendant une longue période de la
vie, a retenu dans la cage aux cent portes du
volontariat de l'amour ces oiseaux délicats que
les barreaux légitimes blessent si facilement et
emprisonnent si mal! Cet homme a dû posséder tout à la fois le génie, la prudence, la
séduction, la poésie, une connaissance achevée
du cœur, un empire constant sur soi, un
dévouement sans bornes. Il a été Richelieu,
don Juan, Balzac, Musset, Platon et Vendredi.
Oh! le rare, l'étonnant, le précieux homme!

Peut-être Chérancy ne possédait-il pas
absolument toutes ces qualités, mais il en
avait un certain nombre, principalement les
plus utiles en pareil cas, c'est-à-dire les
négatives. Il n'était plus assez jeune pour
s'allumer d'une de ces flammes claires qui
durent peu. Il n'était plus assez naïf pour
courir le risque de briser son idole en la
huchant sur un piédestal perdu dans la nue.

Trop peu vaniteux pour compromettre son bonheur en l'ébruitant, trop peu maltraité par la vie pour être endurci, sa félicité ici-bas n'avait pas été, d'autre part, assez complète pour le rendre égoïste. Il n'avait point de parents pour lui imposer la dépendance, ni même de marraine pour le vouloir marier. Il n'avait qu'un petit nombre d'amis, pas beaucoup de fortune, aucune ambition. Son art n'était pour lui ni une passion absorbante ni un gagne-pain obligatoire. Il mettait rarement le pied dans le bureau d'un journal et n'avait jamais lu Schopenhauer.

Voilà, me direz-vous, un personnage de roman que l'auteur ne flatte guère. Patience! Je vois venir le moment où vous m'accuserez de vous peindre un héros invraisemblable. Tel est, en effet, le reproche que l'on risque à vouloir conter des histoires vraies.

Au fond, la liaison de Chérancy avec madame Fresnel était née d'un malentendu. Le premier n'avait voulu autre chose que faire un tableau de genre un peu nouveau, dont le hasard lui avait donné l'idée. La seconde, avec une imagination tendue par les rêves solitaires de sa vie, construisit, à propos de cette toile trouvée un jour au Salon, tout un roman de passion respectueuse et délicate, cet idéal des cœurs féminins bien nés.

— Il m'aime. Il m'a regardée dormir une nuit entière. Il m'a volé une rose. Avec cela, pas une parole, pas une tentative indiscrète pour me suivre, et savoir qui je suis. Seulement une peinture faite de mémoire — comme il s'est souvenu des moindres détails! — venant me prouver qu'il pense à moi. Combien de temps y pensera-t-il?

Ainsi, ce peintre gentilhomme avait fait de la poésie sans le savoir, ou plutôt on s'était chargé de la faire pour lui, ce qui ne la rendait pas plus mauvaise. Dès le premier jour, Nadia s'était juré que le tableau peint pour elle trouverait sa place chez elle, mais sans que son auteur le sût. Il lui semblait que cette ébauche de roman perdrait de son charme si le mystère s'évanouissait ; mais, comme on l'a vu, les précautions prises pour rester toujours l'inconnue du wagon avaient tourné contre elle.

Mis en présence sur un terrain si bien préparé, ils se trouvèrent tout d'abord dignes l'un de l'autre. L'isolement égal de leurs existences, une sympathie puissante les rapprochèrent. Bientôt, Nadia ne se trompa plus en se croyant aimée. Bientôt, elle aima.

Ils se donnèrent l'un à l'autre et entendirent sincèrement se donner pour la vie. Non seulement leurs bouches le dirent, ce qui est l'habitude, mais leurs cœurs le jurèrent de tout leur désir et de toute leur force, sans précipitation folle ; au contraire, avec un recueillement grave. Sous la joie fervente qu'ils éprouvaient à faire voile pour l'éternel Orient de l'amour vrai, ces deux compagnons sentaient l'émotion du départ pour un long voyage. Ce fut ainsi qu'ils laissèrent flotter le vaisseau

fragile qui emportait leurs vies confondues.
Et lorsque, la dernière amarre coupée, Nadia
rouvrit les yeux pour voir fuir le rivage austère quitté pour jamais, elle ne put retenir ce
cri, premier aveu d'un trouble qui ne devait
plus abandonner son âme :

— Ah Dieu ! si Claire savait !...

Ils connurent, je pense , à peu près dans sa
plénitude, le bonheur que peut donner ce qu'on
nomme, dans le monde, une liaison ignorée.
Le monde n'en accepte pas d'autres. S'il les
accepte, direz-vous, c'est qu'il ne les ignore
pas ; ou comment peut-il les accepter, s'il les
ignore ? C'est un des nombreux mystères que le
monde propose à la méditation des sceptiques.

En réalité, il ne les ignore pas souvent ;
mais, dans l'occasion, l'ignorance fut complète ; — au prix de quels sacrifices ! Paul et
Nadia pourraient seuls le dire ; sacrifices
tellement durs, que je sais peu de gens qui
voulussent d'un bonheur acheté si cher.
Pendant quatre ans, ils eurent, pour cacher

leur amour, les mêmes ruses savantes qu'une
tribu indienne emploie pour cacher son camp
dans l'immense forêt semée d'embûches.
Pendant quatre ans, Chérancy n'alla chez
madame Fresnel qu'à des heures convenues
d'avance, où il était certain de la trouver seule.
Et, dans les rares occasions où elle réunissait
un petit cercle, il s'abstenait le plus souvent
d'y paraître, ayant éprouvé sur d'autres avec
quelle facilité, en pareil cas, le moindre
incident trahit certains mystères. Jamais on
ne les avait rencontrés seuls à la promenade ou dans un lieu public. Les concerts,
les théâtres leur étaient fermés, et cette
privation des plaisirs de l'esprit savourés en
commun était pour eux l'une des plus lourdes.
Mais ce qui faisait surtout souffrir Nadia,
douée d'une jalousie peu ordinaire, c'était de
ne pouvoir suivre dans le monde l'homme
qu'elle aimait. Non seulement ils ne recher-
chaient pas les occasions de s'y retrouver, mais,
invités quelque part ensemble, l'un des deux

refusait. Parfois, l'été, dans quelque village perdu hors des frontières, ils se rejoignaient avec des ruses de malfaiteurs traqués par la police.

Grâce à cette prudence rare, jamais démentie, ces deux complices étaient parvenus à tromper le monde; mais Nadia se serait peu souciée de passer pour un ange aux yeux du monde entier, si les grands yeux sévères de sa cousine avaient pu deviner sa faute. Après l'avoir enviée comme la plus heureuse des femmes, elle la craignait, à cette heure, comme la statue vivante du Devoir jamais trahi. Dès l'enfance, bien que Claire fût la plus jeune, elle avait pris un ascendant étrange sur la petite orpheline devenue sa compagne par l'adoption. Et, dans les accès de colère terrible qui parfois s'emparaient d'elle, Nadia, souvent, s'était calmée à cette menace de Claire:

— Tu sais ! je ne t'aimerai plus.

Aussi, lorsque madame Fresnel, peu de

mois après le commencement de sa liaison, vit approcher l'époque de la visite annuelle de Claire, elle sentit l'effroi d'un caissier prévaricateur à la veille de l'inspection.

— Voulez-vous, disait-elle à Paul, connaître la meilleure preuve de mon attachement pour vous? Je serais presque soulagée d'apprendre que ma cousine ne peut pas venir.

— Pourquoi? Vous n'êtes pas, que je sache, obligée de choisir entre nous.

— A Dieu ne plaise que ce choix me soit imposé jamais! Sans vous, je mourrais de chagrin. Sans elle, je mourrais de honte. Ah! cher! quelle ne sache rien : ce serait la fin de tout!

Ainsi parlait Nadia dans ses jours de calme.

La comtesse de Chalonne arriva. Sa cousine, tremblante, alla, comme d'habitude, l'attendre à la gare. Ce furent les mêmes baisers, la même tendresse passionnée, en apparence. Claire ne s'aperçut point que le dessus du

panier n'était plus pour elle. Une seule chose
lui sauta aux yeux :

— Mon Dieu! s'écria-t-elle, comme tu es
embellie !

Heureusement, la comtesse n'était point
méfiante. Si elle eût demandé le pourquoi de
cet embellissement suspect, elle eût fort gêné
la pauvre Nadia, qui n'avait jamais su dire
passablement un mensonge. Paul consigné,
comme de raison, n'avait même plus la
permission de passer la Seine. Que madame
Fresnel mît le pied chez lui, c'était une chose
à laquelle aucun des deux ne songeait. Aussi
commençait-il à maudire la province, les
provinciaux et leurs visites dans la capitale.
Par bonheur, il savait écrire, et Nadia aussi.
Deux fois par jour, ils se contaient leurs
peines, parlant des moindres détails de leur
vie, de ce qu'ils pensaient, de ce qu'ils faisaient,
et aussi, hélas ! de ce qu'ils ne faisaient pas.

Mais bientôt la quarantaine fut levée, et
précisément par les soins de celle en l'honneur

de qui on l'avait établie. Madame de Chalonne n'avait pu revoir la fameuse toile, *En wagon*, sans s'informer du peintre. Et, comme Nadia, qui, après tout, n'était pas sans avoir fait quelques progrès dans l'art de dissimuler, donnait une réponse froide et parlait de quelques rares visites qu'elle avait reçues de Paul :

— J'aime autant, reprit la sévère cousine, qu'il t'ait laissée en repos, bien qu'il n'ait point l'air d'un homme à conquêtes. C'est justement pour cette raison qu'il me plaît fort. Et puis il réunit deux qualités entre lesquelles généralement il faut choisir : la sûreté des rapports d'un homme du monde et le pittoresque brillant d'un artiste. J'aurais le plus grand plaisir à le voir. Ne viendra-t-il pas une fois chez toi pendant mon séjour ?

— Je ne pense pas, à moins que nous ne l'invitions, fit madame Fresnel, qui, cette fois, disait la vérité.

Quelques jours après, une lettre officielle,

due à la collaboration des deux cousines, qui en avaient pesé chaque terme, informait Paul de la présence à Paris de la comtesse de Chalonne et du plaisir qu'elle aurait à le voir, plaisir partagé par madame Fresnel. Conclusion : une invitation à passer la soirée chez cette dernière pour le surlendemain, en très petit comité.

Un mémorandum secret de huit pages, bourré d'instructions confidentielles, accompagnait cette invitation.

« Vous voilà, disait-on en finissant, régulièrement obligé à une visite. Soyez à trois heures chez moi ; vous m'y trouverez seule et nous pourrons nous voir vingt-cinq minutes; enfin ! Vous irez à cinq heures à l'hôtel Vouillemont. *Elle* n'y sera pas. A aucun prix, je ne veux de tête-à-tête entre vous deux. *Elle* m'a trop souvent parlé de « mon peintre » depuis deux jours. Et, si *elle* venait à vous demander son portrait, refusez absolument. D'ailleurs, vous avez promis de ne plus peindre aucune

femme d'après nature. Un modèle aussi séduisant est bien le dernier que je pourrais vous
permettre. »

Les vingt-cinq minutes du boulevard Saint-
Germain furent consacrées presque entière-
ment à des recommandations de prudence,
renouvelées, le lendemain matin, dans une
longue lettre. La dernière phrase contenait
cette menace suprême :

« Si *elle* vient à soupçonner quelque chose,
vous ne me verrez plus ! »

Et, plus bas, ce post-scriptum trahissant
une main fiévreuse :

« Mais n'essayez pas de lui donner le change
en lui faisant la cour : tout serait fini entre
nous. »

Aussi, malgré son usage du monde, Paul
voyait arriver avec terreur le moment d'aller
chez madame Fresnel. Entre Scylla et Charybde
— les vrais — il aurait eu pour louvoyer un
espace raisonnable. Mais il devait, dans un
salon de quinze pieds carrés, manœuvrer entre

deux femmes sans exciter les soupçons de l'une et sans irriter la jalousie de l'autre.

Heureusement, ce soir-là, Lucien Sireuil avait dîné boulevard Saint-Germain, en trio avec les deux cousines. D'abord, la conversation avait été fort gaie. Le vieux maître du barreau, avec ses cheveux gris, en eût remontré à plus d'un jeune confrère sous le rapport de la verve. Après dîner, l'entretien prit peu à peu une tournure plus grave à propos d'un procès dont tout Paris parlait encore, et dans lequel Sireuil avait gagné devant les juges la cause d'une femme qui l'avait perdue devant l'opinion.

— Quel dommage, dit Claire, qu'un talent comme le vôtre soit — pardonnez ma franchise — aussi mal employé ! En aidant victorieusement certaines femmes à sortir d'une position fausse, vous les encouragez en quelque sorte à s'y mettre.

— Chère Madame, répondit Sireuil, vous parleriez autrement si vous entendiez ce que

je répète vingt fois à mes clientes avant de
plaider leurs affaires. « Laissez-vous tromper,
leur dis-je ; laissez-vous ennuyer ; laissez-vous
voler ; laissez-vous battre ! Mais ne vous sépa-
rez jamais. Une fois séparées, si vous vous
conduisez mal, ce qui est probable, vous n'aurez plus l'excuse de la vengeance. Et, si
vous vous conduisez bien, personne ne voudra
croire à votre vertu. »

— Joli raisonnement ! fit la comtesse. Au
moins a-t-il pour effet de persuader quelquefois celles qui l'entendent ?

— Jamais ! Quand une femme a franchi le
seuil d'un avocat, c'est fini. Elle croit avoir
respiré l'air libre, avoir franchi le Rubicon
de l'indépendance. Savez-vous ce qui pourrait
l'arrêter, si elle a quelque fierté au cœur ? Ce
serait un stage dans le monde des gens séparés. Passe encore pour les femmes qu'on y
trouve. Une femme est toujours une femme.
Elle fait toute chose gracieusement, joliment,
proprement. Mais il y a les hommes !

— Ah ! oui, fit Nadia. Il est curieux d'ob-
server la nuance qui se trahit chez les mieux
élevés quand ils parlent à une femme séparée.
Pourquoi cette tache dans les mœurs d'une société qui a pour devise : *Tout pour la femme!*

— Doucement, corrigea Sireuil : *Tout pour
la femme... et par l'homme!* Les Francs Sa-
liens, nos pères, nous ont laissé, au fond, le
mépris de la femme seule. Au plus beau temps
de la chevalerie, nous n'en voulions pas pour
reine. Aujourd'hui, nous lui disons volontiers
des bêtises dans la rue. Nous ne lui accordons
qu'un droit : celui de voyager dans un wagon
orné d'un écriteau. Encore il est ridicule, et
je gage qu'aucune de vous, Mesdames, n'y voudrait monter.

— C'est vrai, dit Claire. Il me semblerait
que je vais en quatrième classe. Mais, malgré
tout, cher maître, je vous trouve trop absolu.
Car, enfin, dans certains cas, nous le savons,
la séparation est un devoir pour la femme.

— Certes, répondit gravement l'avocat. Une

fois dans le cours de ma carrière, j'ai pu dire à ma cliente : « *Il faut* vous séparer. » Aussi je suis resté son ami respectueux et sincère.

Il baisa la main de Nadia et reprit au milieu d'un silence ému :

— Eh bien, voulez-vous savoir ce qu'il y a d'affreux dans la séparation, à moins que la victime n'ait un grand nom, une grande fortune, de grandes alliances ; car, alors, la situation est tout autre ? C'est que, même irréprochable comme celle-ci, la séparée doit choisir entre ces deux tristesses : vivre en recluse, ou jouer le rôle d'un chien sans maître, volé tôt ou tard s'il a du prix, rebuté partout dans le cas contraire. Que serait-ce, si je vous parlais des enfants !

— Assez ! dit Nadia, les larmes aux yeux. Quand je m'oublie dans ces réflexions, le désir me vient de disparaître derrière une grille.

— Ah ! par exemple, répliqua Sireuil qui n'était pas dévot, c'est ici que la chose a du bon. Je vous défie bien, chère amie, de trou-

4

ver un seul couvent qui se charge de couper
ces superbes cheveux-là, tant que votre époux
n'aura pas rendu à Dieu sa belle âme. D'ici là,
en fait de grilles, refugiez-vous derrière l'affection de vos amis.

Au même instant, comme s'il eût entendu
ces mots, Paul de Chérancy fit son entrée. Il
arrivait à propos pour faire diversion, et Sireuil, qui le connaissait, s'empressa de lui
fournir l'occasion d'égayer un auditoire qui
en avait besoin. Paul, agréablement surpris de
trouver la mer libre d'écueils, remplit aisément un rôle qui n'était pas au-dessus de ses
forces. Il eut de l'esprit, et les regards singulièrement émus qu'il ne pouvait s'empêcher
de jeter sur les yeux humides de Nadia furent
mis au compte de sa bonté naturelle. Madame
de Chalonne lui en sut bon gré et, sans s'en
apercevoir, l'accapara peu à peu. Aussi bien,
on l'avait fait venir pour elle.

Depuis quatre ans, Chérancy s'imposait
bien des sacrifices, mais on lui en avait rare-

ment demandé d'aussi difficile que de ne pas répondre à la sympathie d'une femme intelligente et belle qui lui parlait de son art, louait son talent, et jouissait, en provinciale souvent rationnée, de la conversation pittoresque de ce Parisien accompli. Nadia, de plus en plus renfrognée, causait distraitement avec Sireuil, qui s'évertuait à l'intéresser.

Onze heures sonnant, les deux hommes se levèrent. Paul semblait enchanté de sa soirée. Un regard foudroyant lui montra qu'il l'était trop. Claire venait de lui dire qu'elle aurait du plaisir à le revoir.

— Hum ! pensa-t-il. Je crois que j'ai trop bien « donné le change ». Gare à l'orage pour demain !

Une autre que lui devait voir éclater l'orage.

Restée seule avec sa cousine, Nadia, sans dire un mot, s'approcha de la cheminée, changeant de place d'une main nerveuse les bibelots qui l'encombraient. Puis, comme Claire se préparait à retourner près de sa fillette

endormie, elle la retint, la fit asseoir, se mit
à genoux devant elle, et, oubliant tout le
reste pour n'écouter que la jalousie, la plus
forte de toutes les passions, de tous les sentiments d'une femme, elle parla ainsi :

— Claire, écoute-moi ! Tu es heureuse ; tu
dois être bonne. Tu as tout ce qu'une créature
humaine peut souhaiter : une enfant qui
suffirait au bonheur d'une vie ; un mari dont
tu peux être fière et qui t'aime comme le
premier jour ; une existence de souveraine
dans un pays charmant, au milieu de gens
qui te respectent. Moi, je n'ai rien de tout
cela. Un homme qui s'y connaît le disait tout à
l'heure : je suis un pauvre chien sans maître.

— De grâce, calme-toi, dit Claire en prenant la tête de sa cousine dans ses bras. Tu es
ingrate. Est-ce que tu n'as pas une sœur ?

— Laisse-moi parler, reprit Nadia. Écoute.
Un homme bon, tendre, généreux m'a récon-
ciliée avec l'avenir. Je l'aime comme s'il n'y
avait sur cette terre que lui et moi. C'est

lé premier amour de ma vie ; ce sera le dernier. Il est mon soutien, mon appui, le rocher où je me cramponne. Sage comme un père, dévoué comme toi, tendre comme je ne croyais pas qu'un homme pût l'être... Ah ! si je le perdais, maintenant, je serais bientôt morte !

— Nadia !

— Sois révoltée, confuse, anéantie. Crois-tu que je ne le suis pas cent fois plus ? Sais-tu ce que j'écrivais hier à cet homme en parlant de toi : « Si *elle* devait surprendre le secret de ma faute, j'aimerais mieux ne plus vous-revoir ! » Comment ne l'as-tu pas deviné, ce secret ? Tu ne me regardais donc pas, quand il est entré !... Mais, à cette heure, maintenant que je vous ai vus ensemble, je te dis autre chose : abandonne-moi, méprise-moi, va-t'en ; ne reviens jamais ; raconte ma faiblesse à toute la terre !... Mais ne te fais pas aimer de Paul !

— Nadia, tu t'oublies !

4.

— J'oublie tout : je suis folle ; je vous fais injure à tous les deux. Mais je suis si malheureuse ! Depuis une heure, je vous observe. Je vois ses yeux qui t'admirent, ses yeux d'artiste qui trouvent en toi la beauté. Sa physionomie s'éclaire à tes paroles. Sa voix vibre quand il te répond... Ah ! pourquoi as-tu voulu cette soirée ?

A ces mots, Nadia fondit en larmes et cacha son visage sur les genoux de sa cousine. Celle-ci la caressait doucement sans répondre. Au bout d'un instant, elle dit :

—Pauvre amie ! Je te retrouve la même avec tes explosions folles et désordonnées d'autrefois. Mais ta petite Clairon d'alors n'a pas changé non plus. Elle t'aime avec la même tendresse. Reprends ta raison, mon amie, ma sœur bien-aimée. Jamais je ne te ferai volontairement l'ombre d'une peine ; plutôt souffrir mille tourments. D'ailleurs, tu sais bien, chère insensée, qu'un seul homme existe pour moi. Relève-toi, ne pleure plus. Jamais tu n'en tendras de ma bouche une parole dure...

— Oui; mais que vas-tu penser?

— Je ne vaudrais pas ce que tu vaux, si j'avais souffert ce que tu as souffert. Voilà ce que je pense. Embrasse-moi.

D'un bond, madame Fresnel se trouva dans les bras qu'on lui tendait. Déjà, elle ne pleurait plus. Même, au fond du cœur, sa sévère amie la trouva trop vite consolée en l'entendant soupirer:

— Ah! si tu savais comme je l'aime!

— Chut! fit la comtesse. Je t'ai promis de ne pas te juger, mais non de t'absoudre. Je serai ton confesseur avec l'oubli sacré et l'éternel silence; — ta confidente, non. Nous y perdrions trop l'une et l'autre. Je ne sais rien; tu ne m'as rien dit. Et, maintenant, si tu veux que rien ne change entre nous, tu vas me faire une promesse.

— Me séparer de lui? Jamais! s'écria l'impétueuse femme debout, les narines frémissantes.

— Non, fit Claire presque à demi-voix, avec une expression de tristesse profonde. Ne te sépare pas de lui; car je ne pourrais plus t'estimer si... si j'avais à entendre une confession nouvelle.

Nadia se tut. A cette parole si vraie qu'aurait-elle pu répondre ? Après un court silence, elle demanda :

— Quelle promesse veux-tu ?

— Celle-ci : sur notre amitié, jure de lui aisser croire toujours que je ne sais rien. Tu ne voudrais pas me voir rougir pour toi si, de nouveau, je le rencontre.

— Tu as raison. Je ne serais plus digne d'être ta sœur si je parlais. Maintenant, adieu ! laisse-moi pleurer seule.

Claire de Chalonne était la plus honnête des femmes. Mais elle n'eût point été femme si, repassant dans son esprit la confession brûlante qu'elle venait d'entendre, elle n'eût pensé à la pénitente un peu moins qu'à la cause du péché. Quand sa voiture la déposa devant l'hôtel Vouillemont, elle avait résolu d'éviter de son mieux toute rencontre nouvelle avec Chérancy, dans l'intérêt du repos de Nadia.

—C'est dommage ! pensa-t-elle. C'eût été un charmant ami. Et que supposera-t-il, s'il voit que je l'évite ? Comment faire ?

Les choses ne s'arrangèrent, hélas ! que trop facilement.

A peine entrée chez elle, Claire reçut des mains de sa femme de chambre une dépêche l'appelant à la Prée, où son mari venait d'être frappé par un mal subit. Elle se mit en route dès le lendemain. Quinze jours plus tard, elle était veuve.

V

Nadia tint sa promesse, et Paul ignora la
scène qui s'était passée entre les deux femmes.
Eût-elle aussi bien gardé le secret — le seul
qu'elle eut de longtemps pour lui — si de
nouveaux contacts étaient venus mettre à l'é-
preuve cette jalousie peu ordinaire? C'est
douteux. Mais, pendant deux ans, un deuil
rigoureux retint la comtesse à la Prée, entre
sa fille et ses beaux-parents accablés par la
perte d'un fils unique, le dernier de sa race.

On aurait même pu croire que madame Fresnel avait juré, par la même occasion, de

plus prononcer le nom de sa cousine, et Chérancy jugea, dans sa sagesse, que ce silence
était la rancune ou la précaution d'une âme
jalouse. Peut-être avait-il raison jusqu'à un
certain point ; mais, en réalité, Nadia ne pouvait penser à la comtesse de Chalonne, blanche
et pure sous ses voiles de veuve, sans éprouver
une sorte de honte. Les paroles sévères,
prononcées par Claire un certain soir, reve-
naient à son oreille dans les moments les plus
heureux de sa vie. Sa première impétuosité
calmée, elle ne s'était point pardonné d'avoir
été si franche.

Peu de mois après la mort de M. de Chalonne, elle écrivait à la jeune veuve qui la
félicitait d'être heureuse par comparaison
avec sa propre tristesse.

« Heureuse, dis-tu ? Hélas ! il y a des tom-
bes si bien couvertes de fleurs, — tu le sais,
pauvre amie ! — qu'on passe auprès sans se
douter de ce que cache le funèbre parterre.
Illusion vaine ! Qu'une bise froide vienne à

souffler, par une matinée d'hiver et, sous la
dépouille des pétales tombés, le monticule
révèle sa forme lugubre. Si tu savais comme
ce vent glacé passe souvent sur mon cœur,
comme je m'aperçois souvent de ce qui est
mort à jamais dans ma vie : l'estime de moi-
même ! »

Cette vie, assurément, ne manquait pas de
fleurs, grâce au dévouement tendre de Chérancy, dont le seul défaut était une faiblesse
trop grande pour la femme aimée. Il la traitait
en être délicat, en enfant malade, la gâtant
davantage au moment des crises, chose dan-
gereuse ! On voit des enfants gâtés faire les
malades pour avoir du sucre.

Quant à lui, je pense qu'il était, à part ces
alternatives, aussi heureux qu'un homme peut
l'être. Il avait, sur son amie, l'avantage précieux d'une vie occupée. Les heures qui
n'appartenaient point à celle-ci appartenaient
à l'art. Il était en progrès, sa réputation devenait sérieuse, et ses toiles, toujours vendues,

ajoutaient au nécessaire de sa fortune l'appoint agréable du superflu.

Tant que madame Fresnel était la « bonne Nadia », comme elle se qualifiait elle-même, Paul connaissait l'idéal du bonheur qu'il est permis d'attendre d'une femme. Douce, dévouée, intelligente, heureuse de sacrifier toutes les joies de la vie à la joie d'aimer, tour à tour souriante et passionnée, elle accomplissait ce prodige d'être « plusieurs en une seule » qui engendre la constance.

A certains jours, subitement, le vent tournait. On voyait alors surgir la « mauvaise Nadia », soupçonneuse, jalouse, désillusionnée, doutant de tout, mécontente de son sort, cherchant le changement et les émotions, désirant tout ce qu'elle n'avait pas. Quand Chérancy l'entendait vanter les joies de la famille ou parler avec enthousiasme de la solitude verdoyante des bois, des majestés de l'Océan, des horizons neigeux des montagnes, il savait ce qui l'attendait.

5

—Hélas! s'écriait-il, découragé, je ressemble
à ces jardiniers qui soignent au pied du Vésuve
les plus belles fleurs du monde. Au moment où
les parfums sont les plus enivrants, la brise la
plus douce, un bruit sourd leur fait craindre
la pluie de cendres pour le lendemain.

Alors, sombre, vieillie, repliée sur elle-
même, Nadia lui répondait :

—Eh bien, jardinier malheureux, cherchez
un climat plus égal! Abandonnez ce sol maudit!

C'est dans ces heures de révolte que Nadia
éprouvait le besoin de faire les choses « défen-
dues » par Paul : d'appeler auprès d'elle son
« amie » madame Lavissière, qui lui tournait
la tête par ses cancans ineptes et malsains,
ou bien de faire une fugue dans le salon de la
générale Sauteyron, pour se distraire et voir
du monde.

« La générale », comme on l'appelait dans
la coterie dont elle formait le centre, était
l'une des rares femmes non séparées que l'on

rencontrât dans son confortable entresol de la rue de Monceau. En revanche, elle était veuve, mais elle était arrivée au crêpe sans passer par la salle des Pas-Perdus, avantage dont elle se targuait volontiers auprès de ses amies moins heureuses.

— Il était temps, d'ailleurs, avouait-elle avec la franchise militaire qu'elle avait héritée du défunt. La veille du jour où Philibert eut son attaque, la seule de sa vie qu'il n'ait pas repoussée, j'avais eu, moi, une première conférence chez mon avoué. Trois mois de plus, et j'entrais dans la confrérie. Hélas ! le pauvre ami ne m'en a pas laissé le temps.

Le « pauvre ami », s'il faut en croire les mauvaises langues, avait eu le temps, par contre, d'entrer dans une autre confrérie dont le brevet s'obtient à moins de frais. D'après la légende, l'apoplexie venue si fort à propos avait été causée par l'émotion d'une découverte fâcheuse. Mais, comme la chose datait des plus beaux temps du second empire, la

légende s'embrouillait déjà dans l'incertitude
vague des époques préhistoriques. Un fait
était constant : le flagrant délit. Les contem-
porains eux-mêmes ne se souvenaient plus
très bien si Philibert était mort du chagrin d'avoir surpris, ou de la honte de s'être
laissé surprendre. Peut-être y mettaient-ils
quelque bonne volonté. La belle Nathalie
d'autrefois était restée une si bonne femme !
Quand on posait la question à Lucien Sireuil,
un vieil ami des deux époux, il répondait
avec son sourire de sphynx :

— Mon Dieu ! je me souviens parfaitement
que je devais plaider au procès, et j'ai même
beaucoup regretté cette cause, qui m'aurait
lancé ; car je débutais alors. Mais du diable
si je saurais dire lequel des conjoints je devais
assister et de quel côté de la barre nous
devions paraître à l'audience ! D'ailleurs, à
quoi bon se souvenir ? La mort efface tout !

Quoi qu'il en soit, la générale pouvait se
flatter d'être une des **moins compromises**

parmi les femmes qui s'asseyaient à peu près
chaque soir dans ses fauteuils. Depuis son
veuvage, pareille à ces chevaux qui s'arrêtent
court une fois le cavalier par terre, on ne
l'avait jamais vue s'emballer. Elle croyait de la
meilleure foi du monde avoir toujours adoré
son mari, à l'exclusion de tout autre.

— Un excellent homme, disait-elle ; un peu
coureur, comme tous les militaires. Mais je
lui pardonne, pauvre ami !

À soixante ans passés, la générale se trouvait dans le plus triste isolement, grâce à la
mort de tous les siens et à la négligence de
feu Sauteyron, qui l'avait laissée sans progé-
niture. Et, justement, le malheur voulait que
la bonne femme fût absolument incapable de
rester seule plus de cinq minutes.

— J'aimerais mieux, disait-elle, demander
le commissionnaire du coin pour faire mon
bésigue.

Plût au ciel que la pauvre vieille se fût con-
tentée de ce partner à crochets ! Elle aurait eu

moins de monde aux siens. Comme elle était
riche, foncièrement bonne, et par-dessus tout
remarquablement installée, son appartement
de la rue de Monceau était devenu peu à peu
une sorte de cercle cosmopolite, à cela près
qu'on n'y payait ni cotisation ni cagnotte,
qu'on y consommait gratuitement, et que les
dames y étaient admises. On y trouvait des
gens de tous les pays, même des Français;
des femmes de toutes les sortes, même, parfois, d'absolument honnêtes.

Le fameux Chevreul montre à ses visiteurs,
aux Gobelins, une gamme d'échantillons de
laine commençant à la neige pour finir à la
suie, par une dégradation imperceptible et
savante. La générale avait sa gamme, elle
aussi, moins complète, à coup sûr, que celle
des Gobelins; car elle n'allait pas jusqu'aux
nuances extrêmes. Toutefois, de temps à
autre, on y découvrait des écheveaux un peu
sombres, grâce à la complicité d'introduc-
teurs trop coulants. La maîtresse de maison,

assez sourde et encore plus distraite, n'entendait pas bien certains noms. D'autres, qui auraient fait éternuer un Pharaon de granit par leurs consonnances bizarres, lui étaient totalement inconnus. L'identité mieux établie, c'étaient des désespoirs, des plaintes amères confiées au cercle intime, avec de grosses résolutions de « changer tout cela ».

Pauvre Nathalie ! empêcher les autres d'entrer dans son salon ! Si, seulement, elle avait eu la permission d'en sortir à sa fantaisie, ou même d'y rester seule ! Car elle en arrivait à soupirer après une heure de solitude. Plus d'une fois, partant pour le théâtre, elle s'était heurtée sur l'escalier à une bande joyeuse venant festoyer chez elle. Bon gré mal gré, il fallait rebrousser chemin, faire allumer les lampes, installer les tables de jeu, beurrer les sandwiches. Plus souvent, lorsque, délivrée d'une première bande de garnisaires, la générale se préparait à dormir, une escouade de troupes fraîches, sortant de l'Opéra, l'enva-

hissait et la tenait debout jusqu'à cinq heures
du matin. D'abord, elle prenait bien la chose;
puis, le lendemain, réveillée avec la migraine,
elle éclatait, jurait qu'elle allait fermer sa
porte et la fermait, en effet. Révolte peu
durable. Le second jour, lasse de causer avec
sa perruche et sa femme de chambre, elle
faisait atteler sur les dix heures du soir, et
courait après le reste de sa ménagerie.

En somme, le salon de Nathalie était un
lieu amusant, à condition de n'avoir pas de
prétention à quelque spécialité grave. On n'y
parlait ni politique, ni art, ni littérature, ni
finance. Dans cette coterie curieuse, bien des
gens vont croire que les mauvaises langues
avaient beau jeu. Tout au contraire ! Chacun
n'y ouvrant guère la bouche que pour parler
de soi, vous pouviez être à peu près certain
de n'entendre dire de mal de personne. Cependant, on y tolérait les gens d'esprit, mais
à condition qu'ils prissent soin de ne pas
rogner la part des autres. Aux plus illustres

conteurs du beau temps de la Restauration,
on eût préféré un imbécile sachant écouter et
se taire. Heureusement pour eux que les cau-
seurs de profession sont tous morts. Il se ver-
raient aujourd'hui consignés à la porte de
bien d'autres salons que celui de la générale.

Invariablement, madame Fresnel s'y amusait
la première demi-heure. Puis elle s'y sentait
déplacée, n'ayant rien à raconter sur elle-
même et ne comprenant rien aux histoires
débitées sous ses yeux avec des quarts de
phrase et des moitiés de mots intelligibles
seulement pour les habitués.

Au fond, ses apparitions irrégulières et peu
fréquentes jetaient un froid. Cette jeune
femme discrète, calme, bien élevée, aux
allures de jolie chatte silencieuse, tranchait
trop sur les autres. Elle inquiétait. Involon-
tairement tout le monde rectifiait sa pose ; on
parlait moins fort. Pendant cinq minutes, on
pouvait se croire dans la société la plus
sévère. Les vieilles joueuses de bésigue lui

5.

reprochaient son horreur des cartes, haute-
ment affirmée. La génération plus jeune la
trouvait trop bégueule et boutonnée. Les
hommes, généralement, étaient de son parti,
mais sans enthousiasme. Plusieurs avaient
demandé la permission d'aller la voir chez
elle. Mais, après trois visites, on ne les aper-
cevait plus boulevard Saint-Germain.

— Assez insignifiante, vous savez, disaient
avec une grimace les plus bénins.

Ceux qu'il avait fallu mettre doucement à
la porte comme trop pressés d'aboutir ajoutaient :

— Ça sent le mystère chez elle. Cette petite
femme a quelqu'un, soyez-en sûrs. D'ailleurs,
on la dit sans fortune...

VI

Quelques jours seulement après la soirée en tête-à-tête qui sert de début à ce récit, Paul se promenait, fort agité, dans sa chambre, en face de son costume du soir étalé sur les meubles. La question était de savoir s'il irait ou n'irait pas dîner en ville.

Ce n'était pas qu'il eût, honnêtement, le droit d'hésiter. Il avait reçu l'invitation, il l'avait acceptée. Aucune maladie, aucun deuil n'étaient survenus. On comptait sur lui; les maîtres de la maison l'avaient promis à leurs hôtes. Enfin — pourquoi le cacher ? — il

s'agissait d'un de ces dîners de gourmets si
rares, même à Paris.

Mais, boulevard Saint-Germain, le temps
était à l'orage. Dans la journée, Chérancy
avait essuyé une bourrasque et, en ce moment,
il cherchait le moyen de ne pas laisser Nadia
dans une solitude dont il connaissait le danger
pour elle. Son bon cœur et sa tendresse lui
conseillaient d'envoyer à ses hôtes quelque
bon mensonge, d'aller dîner à son cercle et
de courir surprendre son amie, qui, pour dire
la vérité, avait refusé dix fois, une heure auparavant, ce sacrifice qu'il offrait de lui faire.

Au dernier moment, l'idée lui vint qu'il
pouvait tout concilier; cette idée, par ses
résultats inattendus, devait décider de sa
vie.

Dans tous les cas, pour le moment, la con-
ciliation réussit mal. Son dîner ne lui fit aucun
plaisir et il donna lui-même peu de plaisir
aux autres; car il était préoccupé, nerveux,
envoyant chaque plat au diable, et souhaitant

que l'on mangeât sans parler, afin d'avoir plus tôt fini. A dix heures, enfin, il put sauter dans une voiture et se faire conduire, bride abattue, chez Nadia, dont il se figurait la surprise attendrie. Comme elle allait lui reprocher d'avoir quitté ses hôtes pour elle !

Mais il faut se défier du *non* des femmes à qui l'on offre un sacrifice quelconque. Dès neuf heures, madame Fresnel avait attendu Paul.

— Il m'a laissée triste, avait-elle pensé. Je le connais. Il aura envoyé promener son invitation et va m'arriver. Le cher ! il me gâte tant ! Mais, moi aussi, je lui ménage une surprise. Il va me trouver douce, calmée, contente, appréciant les joies de ma vie, toute à lui !

A neuf heures vingt minutes, on n'avait pas entendu parler de Chérancy, et Nadia n'était plus ni douce, ni calmée, ni contente. A neuf heures et demie, cent fois pire qu'elle n'avait été de la journée, elle se fit habiller à toute vapeur et conduire chez la générale, où elle trouva chambrée complète.

Son entrée produisit l'effet ordinaire. Tout le monde se tut, et la maîtresse de la maison se mit à rire, ce qui était sa manière de souhaiter la bienvenue aux gens. Comme de juste, selon le degré d'amitié, le rire variait. Avec les indifférents, Nathalie s'en tenait à deux ou trois légers gloussements. Si le visiteur était un favori, elle frisait la pâmoison et semblait sur le point d'étouffer.

Comme, au fond, madame Fresnel lui imposait, le thermomètre ne monta qu'au rire accentué de bonne compagnie, le rire des mardis aux Français.

Nadia, qui n'avait point envie de rire, s'assit mélancoliquement, et les joueurs des deux sexes groupés autour des tables se remirent à leur partie, après avoir levé le nez pour voir « après qui Flore aboyait ». Le mot était de Valleroy, l'un des tyrans de la maison, possédant — et cultivant sans contrainte — le don

d'habiller des vérités dures sous une enveloppe
désobligeante.

Une whisteuse d'âge avancé, baronne autrichienne, — d'aucuns disaient allemande,
— venait d'éteindre deux lampes qui lui faisaient mal aux yeux. Aussi distinguait-on à
peine, dans la vaste pièce, des groupes vagues
disséminés dans les coins. En revanche, on
étouffait, grâce à une princesse en *off*, toujours
gelée, d'autant qu'elle était drapée, hiver
comme été, dans des mousselines blanches et
des dentelles vaporeuses. De ce nuage frisson-
nant sortait une jolie tête blonde inquiète,
avec deux yeux dévorants de poitrinaire. On
l'appelait la princesse Vampire, surnom mérité fort inégalement, à en juger par ses deux
victimes attitrées et titrées, assises près d'elle
et luttant silencieusement, pour lui plaire, de
soupirs éperdus, d'œillades incendiaires et de
bûches jetées dans la cheminée. L'un des
hommes, petit, rouge comme un coq, gras
comme un moine, riche comme un Crésus,

était un financier israélite à tortil, tout fier
d'être du dernier bien avec une princesse
authentique et souvent gênée. L'autre, famé-
lique, épuisé, très pauvre, mourait d'amour,
au sens rigoureux du mot, pour cette névro-
sée de quinze ans plus âgée que lui. Mais il
mourait mal, autrement que doit mourir un
homme de la vieille race française dont il
sortait. Sa pauvreté, sa passion soumise à
d'étranges épreuves, ses alternatives d'enthousiasme et de dégoût pour son idole, ce malheureux ne cachait plus rien. Il riait même
de son sort avec les autres, pour ne pas leur
laisser le plaisir d'en rire derrière lui.

La pièce voisine, dont la porte restait ouverte, semblait aussi resplendissante de lumières que le salon était sombre. On s'y amusait beaucoup, et Nadia aurait bien voulu
prendre sa part de cette joie; mais elle devinait là deux ou trois jeunes femmes dont les
lorgnons impertinents l'intimidaient. Fort à
propos, Valleroy sortit du sanctuaire et s'ap-

procha, son éternelle cigarette à la bouche, du canapé où madame Fresnel et la générale étaient assises.

— Dieu me pardonne ! s'écria Nathalie, je crois qu'on fume dans ma chambre !

— Oh ! presque rien, répondit Valleroy avec une tranquillité parfaite. Il est défendu de fumer au salon ce soir, à cause de l'asthme de votre assommante baronne...

— Eh ! mon cher, fumez à la salle à manger, alors ! A-t-on jamais vu !...

— Ces dames disent qu'elles n'aiment pas souper dans la fumée. Ne vous agitez pas. Quand tout le monde sera parti, votre femme de chambre ouvrira les fenêtres pendant cinq minutes, et vous dormirez comme dans un bosquet.

— Seigneur ! fit Nadia, qui était frileuse autant qu'une chatte; il gèle à pierre fendre ! Mais, pour le moment, le bosquet me semble habité par des oiseaux bien tumultueux.

— C'est un pari que Luzenac vient de perdre

qui cause tout ce bruit. Cette folle d'Élisabeth
de Talamont avait gagé contre lui que le pied
célèbre de la belle Marot n'est pas plus petit
que son pied à elle. Piqué d'honneur pour sa
protégée, Luzenac est allé, séance tenante, à
l'Opéra, prendre les chaussons de la danseuse
et Bess les a mis sans peine. Elle est dans le
ravissement et prétend garder le trophée de
sa victoire. Là-dessus, force commentaires
qui n'intéresseraient pas une recluse vivant,
comme vous, en dehors des jolies histoires
de notre monde. Et voilà tout, chère Madame.

La générale, qui était allée donner un coup
d'œil à sa chambre, revint s'asseoir fort en
colère Elle dit à madame Fresnel, la confidente ordinaire de ses désespoirs :

— C'est trop fort! ils ont fait de ma pauvre
chambre un fumoir, ma petite, une tabagie!
Ces gens-là se moquent de moi! Positive-
ment, je pars demain pour Nice. Ah ! ma
chère, quand je regarde ma vie à côté de la

vôtre !... Tenez, la femme la plus heureuse de
Paris, c'est vous !

A ces paroles, Nadia sentit en elle une de
ces réactions brusques qui étaient dans sa
nature. Elle comparait à son bonheur presque
complet le sort de cette pauvre femme isolée,
livrée au hasard des amitiés indiscrètes, et
son âme se fondit dans un élan de tendresse
et de reconnaissance envers Paul. Que n'eût-
elle donné alors pour fuir ce salon où, tant de
fois, il l'avait suppliée de ne pas venir; pour
voler dans les bras de celui qui était tout pour
elle, dont l'estime valait mieux que toutes les
joies du monde ! Comme elle l'eût remercié
de ce bonheur que, depuis quatre ans, il lui
donnait! comme elle eût soupiré à son oreille,
le cœur gros de douces larmes :

— Ah ! donne-le moi toujours, ce bonheur :
jusqu'à mes cheveux blancs, jusqu'à la tombe;
et que le ciel me préserve de partir la dernière !

Elle faisait cette oraison jaculatoire, le teint

brillant, les yeux animés, vraiment jolie et
touchante, souffrant d'être obligée d'attendre
jusqu'au lendemain pour répéter tout haut sa
prière. Elle fut arrachée à son rêve tendre par
un éclat de rire qui vibrait à six pouces de
son oreille. La générale, brusquement consolée, se pâmait dans un accès d'hilarité convul-
sive, et un personnage, inconnu de Nadia,
s'approchait lentement en fixant sur celle-ci
un regard interrogateur et froid, qui la mit
tout d'abord mal à son aise.

Il n'y avait pas besoin de considérer longtemps le nouveau venu pour s'apercevoir qu'il
était fort beau, peu sympathique, mais mieux
élevé ou, tout au moins, mieux conservé dans
son éducation que les hôtes ordinaires du
salon de Nathalie. S'adressant à cette dernière,
sans quitter madame Fresnel des yeux, il dit
d'un ton traînant et ennuyé :

— Toujours gaie, cousine, à ce que je vois?

— Mon Dieu ! Edmond, je vous attendais si
peu !

— Vous aviez tort. Vous savez bien que je ne manque jamais à venir vous souhaiter la bonne année.

— Vous êtes un parent modèle. Mais, si je ne me trompe, c'est aujourd'hui le 25 janvier?

— On a tout le mois. D'ailleurs, vous avez dû recevoir mes bonbons la veille du jour de l'an. Vous les avez déjà oubliés, ingrate!

— Vos bonbons! s'écria Nathalie ramenée à ses impressions de la minute précédente. Vos bonbons! si vous croyez que c'est moi qui les ai mangés...!

Puis, mettant fin prudemment à cette conversation aigre-douce et se tournant vers madame Fresnel :

— Ma chère amie, permettez-moi de vous présenter le marquis de Roqueservière, mon neveu.

Edmond salua et s'apprêtait à tourner une politesse à la « chère amie » de sa tante. Il en fut empêché par une voix grave un peu masculine qui disait tout près de lui :

— Bonsoir, Camors.

Une grande jeune femme, pas jolie, mais pire, avec l'air distingué, s'avançait sur le tapis en faisant des glissades. Elle relevait des deux mains sa robe de laine très simple, ce qui laissait voir, contraste inattendu, le bas de ses jambes emmaillotées de soie claire et ses pieds charmants, revêtus de l'uniforme rose du corps de ballet.

— Tiens! fit Roqueservière sans s'étonner, vous entrez à l'Opéra?

— Au contraire. C'est l'Opéra qui entre chez moi.

La chambre de Nathalie se vidait. La présence du beau Roqueservière était un fait trop rare pour ne pas exciter la curiosité chez les hommes, aussi bien que chez les femmes. Le dernier qui sortit du « bosquet », fort embrumé en ce moment, fut... Lucien Sireuil. C'était et c'est encore un grand éclectique.

Il aperçut Nadia, qui, de son côté, le regardait. Il lui adressa, du doigt, un geste de menace. Une minute après, loin du groupe compact dont le marquis était le centre, ils s'asseyaient tous deux sur un canapé voisin de la porte.

— Non ! fit la jeune femme en se bouchant les oreilles. Pas de sermon ! Jolis sermons, d'ailleurs, que les vôtres ! Je vous conseille de médire du salon de Nathalie ! Vous en êtes le principal ornement. Vous y trônez, et dans la partie réservée, encore ! Qu'est-ce que vous venez faire ici, homme austère ?

— Chercher de l'ouvrage.

— Eh bien, qui allez-vous séparer parmi tout ce beau monde ?

— Rien à faire ici. Je n'ai trouvé ce soir que deux femmes encore mariées. Mauvaises clientes pour un avocat ! M. de Talamont exige une seule chose de sa femme : qu'elle n'ait pas d'amants et, de ce côté, elle passe pour n'être que trop à l'abri. Quant à madame Valleroy, elle peut avoir tous les amants qu'elle

voudra sans que son mari me donne de l'ouvrage.

— Je ne comprends pas.

— Dieu merci! Si vous veniez souvent dans
la maison, je vous garantis que vous com-
prendriez. Tenez, chère honnête femme, vous
êtes près de la porte, personne ne vous regarde; filez sans rien dire et rentrez chez
vous.

— Parole d'honneur! j'y pensais. Mais
dites-moi d'abord ce que c'est que le marquis
de Roqueservière.

— Comme on voit que vous arrivez de Bordeaux!

— Il y a six ans.

— A quoi les avez-vous employés, alors? Sérieusement, vous ne connaissez pas Roqueservière, dit Camors, dit l'Avocat, dit Barbe-
Bleue?

— Non, fit Nadia. Mais pourquoi tant de
surnoms pour un homme seul?

— Parce qu'il est tout à la fois le plus fatal

les séducteurs, le plus ennuyeux des enfileurs d'arguments, et enfin parce qu'il a deux épouses légitimes au cimetière.

— Grand Dieu! Quel âge a-t-il donc?

— Un peu plus de quarante-six ans; mais il s'en donne quarante-huit, ayant pour système de ne rien faire comme les autres. Quant à ses veuvages, il ne faut pas les lui reprocher. Il s'est si peu occupé des deux défuntes, de la seconde surtout, épousée pour son argent, qu'elle lui a laissé d'ailleurs.

— Et la première?

— La première n'avait pas le sou. Il l'a prise quand elle avait dix-sept ans, par amour, et l'a quittée au bout de dix-huit mois, par amour aussi — pour une autre. Que voulez-vous! il était tellement beau! Les aventures venaient le chercher jusque dans la chambre de sa femme.

— Quelle horreur!

— Et quelle incorrection! Le marquis de Roqueservière est l'homme le plus correct

6

du monde. Il a mis fin à une situation insou-
tenable — pour sa femme — en laissant celle-
ci de côté. Cela vous amuserait-il de savoir le
nom de ses principales conquêtes ?

— Point du tout. Mais il ne brille guère par
la discrétion, à ce que je vois.

— Chère madame, Louis XIV était, je veux
le croire, le plus discret des hommes. Cependant, mesdames de Lavallière, de Fontange,
de Montespan et quelques autres ont été for-
tement compromises par lui. C'est le mauvais
côté d'un amant trop en vue.

— Et où en sommes-nous, à cette heure, avec
ce beau monsieur ? A madame de Maintenon ?

— Oh ! pas encore. Le soir, en habit, Roqueservière est toujours incomparable, comme
vous pouvez vous en convaincre. Par exemple,
il ne faut pas le voir de jour, par derrière,
quand il marche. Ah ! dame !... La taille n'y
est plus. Mais ce ne serait rien, sans les dé-
bris ambulants de quatre ou cinq, beautés
qui étaient déjà mûres, à l'époque où il jouait

les Chérubins en ville. Voilà ce qui commence à le gêner auprès de la génération actuelle.

— J'aurais cru tout l'opposé. Ce contraste...

— Tourne contre lui. Supposons qu'en ce moment vous êtes sur le point d'en devenir folle.

— Ce serait bien votre faute. Enfin, supposons-le.

— Un soir, tandis que vous luttez encore, vous vous trouvez assise, dans un bal, à côté d'une de ses anciennes passions : une grand'-mère aux yeux de lapin, au cou de dinde. Vous la regardez; vous songez qu'il s'agit pour vous de l'honneur d'être sa collègue; vous faites vos réflexions; très humble servante à Roqueservière. Un de ces jours, on fermera les Invalides. Savez-vous pourquoi? Pour la même raison : les jeunes n'en veulent plus. Les amputés du Tonkin n'aiment point à s'y rencontrer avec des blessés de

Waterloo qui les appellent « camarade ». Cela sent trop le « frère, il faut mourir », de la Trappe.

— Que vous a-t-il donc fait, ce pauvre marquis ? Vous le détestez.

— Oh ! vous vous trompez. Je lui dois trop de belles plaidoiries. Je ne lui reproche qu'une chose : c'est d'être devenu, en vieillissant, prudhommesque, sentencieux et pédagogue. Il ne manque pas d'esprit ; mais son esprit a la légèreté de ces fleurs en pierre qui couronnent le front des statues. Enfin, ce n'est pas tout à fait de sa faute : il est Auvergnat ! Vous partez, Valleroy ?

— Je ne pars pas, je me sauve, répondit le personnage interpellé qui, effectivement, battait en retraite. Roqueservière démontre scientifiquement à ces dames qu'elles ont tort de se maquiller et de teindre leurs cheveux. C'est crevant. Il me semble assister au cours du professeur Petdeloup, homme sévère mais juste.

— Eh ! fit Nadia — qui n'était pas intéressée dans la question —, étant donné l'auditoire, je trouve que l'orateur montre un certain courage.

— Dites une certaine cruauté, répondit Valleroy. Regardez les restaurations de la figure de cette pauvre comtesse que Roqueservière refusa d'enlever au temps de Sadowa, et jugez un peu ce que ce serait, non réparé.

Le bon apôtre disparut, laissant madame Fresnel continuer sa conversation avec Sireuil. Un instant après, Valleroy se montra de nouveau.

— Messieurs et Mesdames, cria-t-il, je vous préviens qu'il tombe une neige fondue qui change le trottoir en marécage. On est allé me chercher un fiacre. Qui veut venir avec moi ?

Immédiatement les retours s'organisèrent. La princesse Vampire se chargea de mettre ses deux chevaliers à leur porte, et chacun, pour rester le dernier dans la voiture, voulut

6.

prouver que l'autre avait son domicile plus rapproché sur la route à suivre. Valleroy emmena la baronne autrichienne, confiant sa femme à la Providence et aux bons soins d'un ancien diplomate assez sérieux, à l'en croire lui-même, pour ne plus compromettre personne. Madame de Talamont s'envola avec une miss américaine, blonde et jolie, qu'elle avait présentée le soir même dans la maison.

— Madame, fit le marquis de Roqueservière, en s'adressant à Nadia, ma voiture est à vos ordres. Dans ce quartier, les fiacres doivent être introuvables par ce déluge, et la générale m'a dit...

Madame Fresnel regarda Nathalie, puis le marquis, et répondit sans qu'on pût décider si c'était candeur ou malice :

— Mais, Monsieur, si j'acceptais, comment vous en iriez-vous, vous-même?

Roqueservière, d'abord un peu étonné du compliment et de la leçon, essaya de dire en riant qu'on trouverait une combinaison.

Avec le plus gracieux sourire, on lui répondit qu'il n'y en avait aucune, qu'on lui était fort obligé, qu'avec de la patience on trouverait un fiacre et que, d'ailleurs, de la rue de Monceau à Saint-Thomas, c'était un vrai voyage qu'on se faisait scrupule d'imposer à ses chevaux.

Les femmes jugèrent que Nadia se conduisait en franche bégueule. Quant aux hommes, l'échec du beau Camors, qui ne daignait pas les reconnaître dans la rue, les réjouissait extrêmement. Mais, de l'avis commun, c'était raide. Une petite femme pas lancée, pas cotée, pas connue, refusant de monter dans un coupé qui donnait le *chic*, comme autrefois les carrosses du roi donnaient la noblesse...!

— Que diable! ma chère, il ne vous aurait pas mangée, fit la générale quand Roqueservière fut parti, tout seul. Vous ne recevez pas tous les jours des politesses d'un homme comme lui.

—Vous non plus, à ce que je viens de voir.

Mais une politesse faite trop tôt est autre chose qu'une politesse.

— Faut-il donc connaître une femme depuis dix ans pour la remettre à sa porte quand il pleut?

— Dix ans, c'est trop. Mais dix minutes, ce n'est pas assez. Que voulez-vous! j'ai été élevée en province. Bonsoir et sans rancune.

En arrivant chez elle, Nadia fut désolée d'apprendre que Paul était venu.

— Quel dommage, pensa-t-elle, que je sois allée chez Nathalie! Je le vois d'ici furieux. Pourtant je n'ai pas fait de mal et je me suis complètement distraite.

Elle espérait bien voir Chérancy le lendemain dans la journée. En effet, sur les trois heures, on sonna; mais ce n'était pas Paul. Sur la carte qui lui fut remise, elle lut avec un certain trouble :

Le marquis de Roqueservière.

D'abord, un instinct lui conseilla de fermer sa porte. Mais, après la raideur témoignée la veille, c'était afficher un parti pris de maussaderie. Elle se ravisa, fit un signe, et l'ennemi pénétra dans la place.

VII

Au bois, le matin, Roqueservière à cheval avait rencontré la brune Talamont, se brouettant elle-même dans son buggy malgré le froid. Ils avaient lié conversation, ce qui n'arrivait pas toujours, car ils étaient fort bons amis, mais de ces bons amis qui ne se mâchent point leurs vérités, autrement dit qui se détestent. Ils se détestaient en s'estimant — à leur façon. Le marquis jugeait Élisabeth supérieure aux autres, parce qu'elle avait été la seule, ou peu s'en faut, à ne jamais le prendre au sérieux dans les comédies amoureuses qu'il jouait

avec un art inimitable. Celle-ci le mettait au-
dessus du commun pour l'immense et général
mépris dont il enveloppait les femmes. Ils se
traitaient en camarades, bien qu'il y eût entre
eux l'écart d'une génération. Ils s'étaient re-
connus depuis longtemps invulnérables l'un
pour l'autre. On ne peut dire qu'ils s'évitaient,
mais ils ne prenaient à coup sûr aucune peine
pour se rapprocher. Tels deux cuirassés de
haut rang, fixés réciproquement sur l'épaisseur
de leur blindage et gouvernant à contre-bord
pour ne pas perdre leur temps à se canonner.

— Ma pauvre Bess, vous vous encanaillez
donc toujours? dit Roqueservière en laissant
son cob marcher à sa guise, à côté du buggy,
tandis que lui-même réchauffait ses mains
sous ses cuisses.

— Eh bien, dites donc, et vous? riposta la
dame qu'on ne prenait pas sans vert. Je vous
conseille de vous vanter de vos exploits d'hier
soir. Depuis quand donnez-vous dans la bour-
geoisie vertueuse?

Edmond, qui avait déjà oublié Nadia, fit un geste sincère d'ignorance.

—Allons! poursuivit madame de Talamont, vous savez bien? cette gentille petite femme blonde qui vous a envoyé promener hier soir?

— Au fait, qui est-ce? demanda Roqueservière soudainement remémoré. Elle est vertueuse? Ma bonne tante avait donc voulu faire une surprise à ses invités?

—Elle y a réussi, dans tous les cas, en ce qui vous concerne. Vous avez été superbe d'étonnement. Refuser une place dans votre coupé! Ne pas vouloir être compromise par vous! Avouez que c'est la première fois qu'une femme vous joue un tour pareil. Non! vrai! vous étiez drôles tous deux, et j'ai pensé à l'histoire du lion de Bidel.

— Quelle histoire? fit Roqueservière.

—Un jour, dans une tournée en province, Bidel engage un brave garçon de la campagne pour « nettoyer ses animaux ». Le lendemain

matin, savez-vous ce qu'aperçoit le dompteur
faisant sa ronde? Mon campagnard, qui était
entré dans la cage du plus gros lion et qui
lui débarbouillait le museau avec une éponge
d'un air convaincu! Le roi du désert, ahuri,
se laissait faire et contemplait, j'en suis sûre,
le paysan du même air que vous aviez en dévisageant madame Fresnel.

— Que vient-elle faire chez Nathalie, cette
vertueuse madame Fresnel?

— Se repaître, je pense, du spectacle de
nos dépravations. Elle arrive, de quinte en
quatorze, s'assied sur le bord d'une chaise,
écoute, regarde, ne dit pas grand'chose et s'en
va.

— Séparée?

— Oui; mais, selon la formule, tous les
torts sont du côté du mari, qui est lui-même
de l'autre côté de l'Océan.

— Et vertueuse?

— Mieux que vertueuse. On ne lui a jamais
donné personne pour amant. Le difficile, pour

7

une femme séparée, n'est pas d'être une sainte.
C'est de ne point passer, tout en l'étant, pour
une Messaline.

— Vous la connaissez?

— Diable! mon cher, vous cherchez déjà
son adresse! Eh bien, non, je ne la connais
pas; je crois que je lui fais une peur affreuse.
Jugez donc ce que ce sera de vous! Laissez-la
tranquille et quittons-nous; car je gèle.

Ils se quittèrent, en effet, l'une très amu-
sée d'avoir « fait grimper » ce fier conquérant,
l'autre songeant, avec une moue peu rassu-
rante, à l'histoire du lion de Bidel que cette
damnée moqueuse allait placer partout.

Roqueservière n'était pas Auvergnat pour
rien : il ne lâchait pas prise. Deux heures à
peine écoulées, il savait, par Nathalie, l'adresse
de madame Fresnel. En quittant la rue de
Monceau, il s'était fait conduire tout droit au
numéro indiqué du boulevard Saint-Germain.

D'après les renseignements de la générale,
donnés avec cette bienveillance ordinaire à

toute fille d'Ève parlant d'une de ses sœurs, le
bel Edmond s'était figuré par avance l'entrée
qu'il allait faire : la cuisinière en tablier sale,
essuyant ses doigts gras pour prendre la carte
de visite et perdant la tête à la vue d'un marquis; la maîtresse de maison surprise en matinée de flanelle, ou bien s'enfuyant, sans dé-
sirer d'être vue, vers les saules de sa garde-
robe, et reparaissant avec sa plus belle toilette
mise de travers.

Au lieu de cela, une femme de chambre
correcte, respectable, lui avait présenté le
plateau d'argent, en l'étudiant des pieds à la
tête d'un seul regard froid. Puis, après une
attente juste assez longue pour écarter toute
idée d'empressement, on l'avait introduit dans
un salon petit, mais aussi peu bourgeois que
possible, où une femme plutôt élégante,
assise au coin de la cheminée, le regardait
venir.

Nadia, d'un geste calme, lui fit voir un fauteuil. Elle n'était jamais timide chez elle. On

pouvait même lire dans ses yeux un regard
assez crâne qui signifiait :

— Toi, si tu dis un mot qui me déplaise, je
te flanque à la porte comme les autres.

Elle se trompait en croyant qu'il était
« comme les autres » du salon de Nathalie.
Certes, il n'estimait pas plus les femmes, au
fond; mais il leur accordait invariablement,
quelles qu'elles fussent, la déférence extérieure
imposée par l'éducation du gentilhomme. Il
ressemblait à ces industriels de haute marque
qui font voyager les agneaux destinés à la bou-
cherie dans des voitures capitonnées.

— Madame, commença-t-il, jugeant le terrain avec son coup d'œil incomparable, je ne
comptais pas, ce matin, avoir l'honneur de
vous voir aujourd'hui. Mais une amie que j'ai
rencontrée m'a fait craindre de vous avoir
déplu hier.

— Déplu, Monsieur? Mais... je ne me souviens pas...

— Tant mieux! On s'est trompé, alors. Ce-

pendant, quand je vous ai offert ma voiture,
vous avez paru.. comment dirai-je? un peu
choquée.

— Oh! Monsieur! comme vos amies exa-
gèrent! Je n'ai point été choquée; surprise,
tout au plus. Franchement, j'ai eu tort. J'aurais
dû me souvenir que, chez la générale, on
reconduit beaucoup. Mais, moi, je suis une
sauvage. Je mériterais d'être montrée sur la
grande pelouse du Jardin d'acclimatation.

— Je crois, dit Roqueservière, que vous n'y
feriez pas beaucoup d'argent. Les Parisiens
n'aiment, en fait d'exceptions, que celles qui
les flattent et fort peu celles qui les con-
damnent.

Ainsi, dès l'abord, il entrait dans son rôle
favori d'homme sévère mais juste, et Nadia ne
put s'empêcher de sourire en songeant que
l'irrévérencieux Valleroy l'avait appelé « M. Petdeloup ». Puis elle sourit de contentement
d'elle-même, à l'idée qu'elle avait l'esprit assez
libre pour sourire, enfermée toute seule avec

le dangereux Roqueservière. Elle pensait à toutes les grandes dames, Excellences, duchesses, princesses, dans le salon desquelles cet homme étonnant s'était assis, comme il était assis là, à trois pas d'elle. Une curiosité lui venait de savoir comment il était entré en matière dans ces occasions. Pas en parlant philosophie et morale mondaine à coup sûr, ainsi qu'il faisait en ce moment. Mais son but n'était pas le même, selon toute vraisemblance, et Dieu sait que Nadia ne songeait pas à s'en plaindre.

Elle se souvenait de ce que lui avait dit Sireuil :

— Cet homme a porté malheur à la plupart des femmes qu'il a conquises, à commencer par ses deux épouses légitimes.

Toutefois elle ne trouvait pas à son visiteur, en l'écoutant causer, l'esprit si lourd qu'on l'en avait prévenue. Elle l'estimait d'avoir tant de sagesse et lui savait gré de se montrer bon enfant, sans prétentions, comme il faisait. Elle

approuvait gravement, ne pouvant guère con-
tredire cet interlocuteur qui parlait comme
Salomon. Sans penser à mal, elle avaît repris
sa tapisserie, ce qui ne plut point au bel
Edmond. Cette petite femme, qu'il était venu
remettre à sa place, comptant des points à son
nez! Le lion de Bidel, cherchant sa revanche
de l'éponge et se piquant le museau à une ai-
guille!

Au bout des trente minutes réglementaires,
le marquis s'en alla, clignotant des yeux, avan-
çant le menton, arrondissant ses épaules d'Auvergnat, ce qui dénotait chez lui l'humeur
douteuse. Au contraire, madame Fresnel
éprouvait cet heureux soulagement du jeune
soldat qui se trouve sans horions, au sortir de
la bataille. Peut-être, au fond, eût-elle souhaité de voir éprouver sa bravoure par une
canonnade plus sérieuse; mais personne ne
pouvait nier qu'elle n'eût fait bonne contenance. Le soir, Paul arriva, la mine un peu
renfrognée.

— Je ne vous demande pas où vous étiez hier, dit-il.

— Vous faites bien. Je serais obligée de vous confesser que j'étais chez Nathalie.

Et, comme il ouvrait la bouche pour une réprimande où il comptait mettre toute la vérité dont il était capable — ce n'était pas dire beaucoup :

— Pas de sermon ! fit-elle en lui fermant les lèvres par une caresse. J'en ai déjà essuyé un aujourd'hui.

Alors, mise en joie par le plaisir inaccoutumé de pouvoir conter une anecdote intéressante, elle débita de verve son aventure avec Roqueservière, se moquant un peu de lui, mais pas trop ; car elle voulait se donner le luxe — assez rare — de rendre Chérancy jaloux.

L'imprudent commit la faute de ne pas l'être.

— Je connais le pèlerin, dit-il. J'ai même peint pour lui un de ses attelages. Vous n'êtes

pas la femme qu'il lui faut. Soyez tranquille.
Vous ne le reverrez plus.

Elle le revit cependant, la semaine suivante,
et lui sut quelque gré d'avoir fait mentir Paul.
Roqueservière y gagna de la trouver plus in-
dulgente pour son air, moitié hautain moitié
bonhomme, d'Altesse en voyage. Il fit le tour
de l'être intime de Nadia comme il eût fait le
tour d'une fabrique intéressante, interrogeant, examinant, blâmant, conseillant au
besoin des améliorations avantageuses.

Ce qu'il ne disait pas, c'est que l'objet était
assez de son goût, et qu'il n'était pas éloigné
d'entreprendre les améliorations pour son
compte. Il était rassasié des aventures à grand
orchestre, des femmes à sensation, des liai-
sons qui font coucher tard. D'ailleurs, la
race des viveuses pur sang du second empire
ne se reproduisait plus. Les sujets devenaient
rares, et lui-même était moins apprécié par
les péronnelles du jour, ainsi qu'il les appelait.

7.

Cette tranquille Nadia, sans mauvaises habitudes, sans ambition, sans passions, sans
 ٤ ٠s — il le croyait — sans amant — il vou-
 ؛ ا e croire, — était précisément la femme
qu'il lui fallait à l'heure présente.

Il songeait à en faire, non pas l'asile de sa
vieillesse, il n'en était pas là, Dieu merci!
mais un de ces « refuges » commodes où le
flâneur évite l'encombrement, se repose du
bruit et, au besoin, attend l'équipage à sa
convenance. Il revint avec une régularité patiente, conseillant, instruisant, réformant, se
montrant quelquefois sévère, toujours juste,
habituellement bon. Nadia, d'abord étonnée,
le laissait dire, quitte à en faire à sa tête; car
elle ne brillait pas par l'obéissance. Alors il la
punissait en lui tenant, sur la triste situation
d'une femme séparée, des discours qui la
laissaient dans un découragement noir dont
Chérancy avait le contre-coup.

Quant à ce dernier, religieusement instruit
de chacune des visites de Roqueservière, il

était loin de vivre sur un lit de roses. Il envoyait le marquis à tous les diables pour son
assiduité, gardait une grosse rancune à madame Fresnel de le recevoir, mais n'osait rien
dire, de peur de paraître jaloux. Quand il la
trouvait dans un accès d'humeur grise, il la
chapitrait, au lieu de la consoler, comme
jadis.

— Allons ! ricanait-il, Méphistophélès a
joué aujourd'hui la grande scène de l'église.
Il vous a fait souvenir que vous êtes abandonnée de Dieu et des hommes. Souviens-toi
du passé, *et cætera*. Je l'entends d'ici. Avouez
qu'il ne manquait que l'orgue.

Prêchée d'un côté, lardée d'épigrammes de
l'autre, la pauvre Nadia trouvait au fond les
hommes bien ennuyeux. Elle n'osait plus,
pour se distraire, aller chez la générale, de
peur de déchoir dans l'estime de Roqueservière qui parlait de ce salon comme d'un milieu déclassant. Sa grande ressource était
dans la femme de l'architecte, qui venait chez

elle à chaque instant, poussée par l'espoir,
souvent réalisé, d'y rencontrer un marquis,
et quel marquis !

Ce profond diplomate, après avoir d'abord
demandé à madame Fresnel comment elle
pouvait trouver du plaisir à fréquenter « cette
cuisinière », s'était radouci en comprenant
quelle réclame la cuisinière en question allait
lui faire sans s'en douter. Un jour même, en
passant, il avait déposé deux cartes que l'on
admire encore aujourd'hui sur la table du
salon des Lavissière. Depuis cette époque, la
trop sensible amie de Nadia ne parlait plus
d'autre chose que de son marquis.

— Ah ! ma chère, quel homme ! qu'il a de
l'esprit ! qu'il est beau ! Comment pouvez-vous
ne pas en être folle ? De quoi êtes-vous donc
faite ?

La présence de l'intéressé ne gênait en rien
les élans de madame Lavissière. A bout portant, elle s'exclamait :

— Non ! marquis, vous êtes trop beau ! On

n'est pas beau comme cela! Quels yeux! Des
saphirs! Et vous dites que vous avez quarante
ans?

— Quarante-huit, Madame. Dites-le à tout
le monde. Je suis trop conservé; c'est ridicule, je le sais, mais ce n'est pas de ma
faute.

Alors, tandis que la femme de l'architecte
le dévorait du regard, la poitrine haletante,
son nez en l'air d'ouvrière parisienne tout fré-
missant, Roqueservière entamait une conférence sur la vanité des avantages périssables
de l'extérieur.

— Écoutez-le! soupirait son admiratrice
pâmée. On croirait entendre Rothschild prê-
cher le néant des richesses.

En somme, devant Nadia, on ne parlait
plus que de Roqueservière quand ce n'était
pas Roqueservière qui parlait. Parfois même,
elle éprouvait cette sensation de malaise que
procure une médication poussée à l'excès. Sur
ces entrefaites, elle apprit avec une grande

joie l'arrivée prochaine à Paris de sa cousine de Chalonne.

C'était la première fois depuis son veuvage, autrement dit depuis trois ans, qu'on allait revoir la comtesse dans la capitale.

VIII

Dire que la comtesse avait embelli serait
chose inexacte et banale. D'ailleurs, elle n'en
avait pas besoin. Mais sa beauté paraissait
éclairée de moins haut, plus accessible ; en
tout, elle semblait plus femme, aussi sévère
pour elle-même sans doute, mais moins incapable de comprendre les faiblesses des autres.
Elle avait, à certains moments, quelque chose
de moins assuré dans le regard, de moins bref
et de plus vibrant dans la voix.

Paul, avec ses yeux et ses oreilles d'artiste,

constata la différence, la première fois qu'il
revit Claire de Chalonne.

— Si l'on ne connaissait votre cousine, dit-
il à Nadia, ce serait à s'y méprendre. La perte
de l'homme aimé a produit en elle le même
changement que l'amour apporte avec lui
d'ordinaire.

Ce qui changeait ainsi la comtesse n'était
ni le brisement d'un amour ancien, ni l'éclo-
sion d'un amour nouveau. C'était une découverte qu'elle avait mis trois ans à faire.

Un jour, dans le grand château en deuil,
ensevelie elle-même sous des crêpes sombres,
elle s'était vue entourée de parents, de voisins, d'amis consternés, moins occupés du
mort qu'ils venaient de voir descendre dans
sa fosse, que de la vivante qui restait.

— Comment pourra-t-elle vivre sans lui?
Elle l'aimait tant !

Cette question muette se lisait dans tous les
yeux, fixés sur la jeune veuve et reportés sur
l'enfant qu'on avait poussée dans ses bras,

comme on pousse la bouée de salut vers le naufragé qui se noie. Le vieux marquis de Chalonne et sa femme oubliaient, pour l'exhorter à vivre, la douleur qui les écrasait eux-mêmes. Le saint prêtre, confident des nobles secrets de son âme et de son austère vertu jamais troublée, venait de lui dire :

— Tendez humblement votre poitrine au glaive qui la traverse, chrétienne fidèle.

Ce glaive, elle ne l'avait pas senti, et sa main en cherchait vainement, à la place du cœur, la poignée cruelle. D'amers regrets, de tendres souvenirs lui déchiraient le sein ; mais elle n'éprouvait pas le froid de la blessure inguérissable que laisse après lui l'amour profond, unique, éternel, l'amour dont elle avait été fière de se croire possédée.

Peut-être la violence même du coup l'empêchait d'en ressentir la première atteinte. Mais les heures se passèrent, les jours accomplirent leur course, le mois s'écoula : elle ne sentait pas l'acier du glaive. Dans chacune de ses vi-

sites à son cher mort, tandis que ses genoux
se meurtrissaient sur le marbre funèbre, ses
yeux versaient les larmes qu'arrache la perte
de l'ami le plus cher. Elle ne voyait pas couler le sang qui s'échappe des sources intimes
de la vie. Elle s'étonna, elle s'indigna, elle
rougit d'elle-même. Dans le secret de son
cœur, elle se traita d'amante infidèle et
d'épouse ingrate. Elle ne put, même, s'empêcher de songer à sa cousine. Elle se souvint
de cette soirée où le seul regard de Paul,
abandonné trop longtemps sur une étrangère,
avait rendu Nadia presque folle.

— A de tels égarements, pensa-t-elle, se
connaît la passion véritable. Nadia! Nadia!
que ferais-tu donc s'il était mort, *lui?*

Alors, plus froidement, elle s'interrogea
et comprit, en face d'un froid tombeau, ce
que la chaude intimité du foyer conjugal
ne lui avait pas laissé le loisir d'apprendre.

— Ainsi donc, se disait-elle, j'ai gardé pour
mon mari toutes les imaginations de mon en-

fance, tous les enthousiasmes de ma jeunesse.
Aucun autre homme n'a obtenu de moi ni un
regard ni une pensée. Il m'a comblée d'un
bonheur dont mon cœur et ma bouche le
remerciaient chaque jour. Je vivais pour le
rendre heureux. Je serais morte avec joie pour
lui. Chaque séparation était pour moi un
chagrin. Et cependant je ne l'aimais pas !...
Qu'est-ce donc que l'amour ?

Alors il lui sembla que, d'une grande hau-
teur, elle était retombée. Elle se souvint du
temps où elle condamnait avec une sévérité
presque égale les épouses sans foi et les
épouses sans amour. Elle devint très humble
en découvrant cette lacune qui la laissait im-
parfaite et comme inachevée. Elle eut besoin
de son courage pour se résigner à vivre ainsi,
secrètement amoindrie devant sa propre conscience.

— Heureusement, se dit-elle, je n'ai pas
besoin de l'amour pour bien élever ma fille.

Ce fut, dès lors, sa grande tâche, et l'enfant,

remarquablement douée, l'y seconda merveilleusement. Ainsi trois années se passèrent.
Dans l'intervalle, madame Fresnel avait fait
plusieurs visites à la Prée; et, chaque fois, le
changement de Claire à son égard s'était accentué. Sa cousine semblait descendre d'un piédestal et l'y faire monter. Elle était aussi affec-
tueuse, mais plus douce, moins absolue dans
ses conseils. Elle semblait abandonner peu à
peu son rôle de sœur aînée impeccable. A cette
heure, elle imposait moins à Nadia et, par
suite — la conséquence était-elle juste? —
elle la rendait moins jalouse.

Aussi, dès son arrivée à Paris, la comtesse
fut accaparée par madame Fresnel, dont l'existence intime, déjà dérangée par l'effraction
morale de Roqueservière, n'avait plus, pour le
moment, le même mystère et le même charme
qu'autrefois. D'abord, à la vue du marquis
reçu en habitué, Claire de Chalonne, qui le
connaissait de réputation, fronça le sourcil,
mais moins qu'elle ne l'eût fait jadis. Bientôt

elle se rassura. Le diable, à ce qu'elle pouvait voir, n'était pas encore ermite, mais il tournait au prédicateur et n'ouvrait la bouche que pour des paroles fort sages.

Cette fois, Chérancy se montra plus librement. Là où venait le marquis, il n'avait pas de raison pour ne point se laisser voir, et, désormais, Nadia n'avait plus le même droit de montrer la jalousie et de pratiquer l'exclusion. Dès lors, on rencontra de temps en temps ces quatre personnes réunies ensemble dans le salon de madame Fresnel. Trop habile pour courir deux lièvres, surtout quand l'un des deux avait son gîte si loin, Roqueservière n'avait point semblé faire grande attention à la comtesse, bien qu'elle dépassât en beauté non point Nadia seulement, mais encore beaucoup d'étoiles parisiennes. De son côté, Claire avait moins de goût pour les analyses du marquis que pour la conversation chaude et colorée d'un artiste et d'un homme d'esprit comme Paul.

Tout en l'écoutant avec un plaisir augmenté
d'heure en heure, elle observait sa manière
d'être avec Nadia et n'y comprenait plus rien.
Que se passait-il donc entre eux? Comment
Chérancy pouvait-il admettre avec cette confiante indifférence les assiduités d'un Roqueservière?

Fidèle au pacte imposé par elle-même, elle
ne faisait rien pour provoquer les confidences
de sa cousine, mais elle devenait plus triste
à mesure qu'approchait le retour à la Prée.
Un jour, Paul lui dit, frappé de cette tristesse :

— Quand je vous regarde, je me sens pris
d'une colère sourde contre le destin. Pourquoi
faut-il que les bonheurs les plus parfaits soient
détruits par sa main envieuse? Les chefs-
d'œuvre de la félicité humaine, ainsi que les
chefs-d'œuvre de l'art humain devraient échapper à la ruine. Quelque protection suprême
devrait les défendre, en faire un musée ouvert, comme le Louvre, aux pauvres diables

qui n'ont rien chez eux pour orner leur quatre murs.

— Mais, répondit Claire en rougissant un peu, que parlez-vous d'aller au Louvre? Êtes-vous si dépourvu? Ne connaissez-vous pas le bonheur par vous-même?

— Oh! le bonheur!... J'en possède une copie, peut-être. L'original était en votre possession. Et pourtant ce n'est pas vous que je plains, c'est celui que la mort a privé de vous. Il est vrai qu'il ne pouvait vous perdre autrement. Le lien qui vous attachait à lui était le seul indestructible, le seul fort comme la mort même.

Paul s'arrêta. Pour la première fois, il venait de surprendre la possibilité d'une allusion dans le langage de madame de Chalonne. Avait-elle, par hasard, deviné quelque chose? Au bout d'un instant, pendant lequel ses yeux n'avaient pas quitté la comtesse, il reprit:

— Si vous me permettiez de vous peindre, je vous représenterais avec l'expression que vous avez maintenant, et j'écrirais sur la toile les vers du Dante : « Pour celui qui souffre, point de douleur plus grande que la mémoire du bonheur passé à jamais. »

L'heure s'avançait. Claire, sans faire de réponse, prit congé de sa cousine et regagna son hôtel. Avant de s'endormir, elle s'approcha du lit où reposait sa fille et, l'entourant de ses bras avec un mouvement passionné :

— Ah ! cœur faible ! cœur ingrat ! cœur indigne ! s'écria-t-elle.

— De qui parlez-vous donc, maman ? dit la jeune Marthe subitement réveillée.

— D'une personne que tu ne connais pas et que personne ne connaît, mon enfant. Dors et sois heureuse.

Nadia fit tous ses efforts pour retarder de quelques jours le départ de sa cousine. Mais madame de Chalonne fut inflexible. Elle mit en avant la santé de sa fille. La petite, en effet, éprouvait de sa croissance une fatigue de nature à exiger des soins. Sur l'avis des médecins, la mère et l'enfant devaient passer toute la belle saison dans les montagnes. Le mois de juin commençait. Il fallait rentrer à la Prée pour s'occuper activement des préparatifs d'une longue absence.

Madame de Chalonne partit. Le soir de son départ, Paul et Nadia se retrouvèrent, seuls, dans le petit salon où ils avaient passé tant d'heures délicieuses.

— Enfin! s'écria Chérancy en ouvrant ses bras.

Ce fut, comme ils le dirent eux-mêmes, une soirée du bon vieux temps. Une fois encore, dans leur vie, ces deux êtres connurent l'intimité, la tendresse, la confiance. Ils ne parlèrent que d'eux-mêmes, faisant, pour l'été qui commençait, mille projets mystérieux et charmants. Il leur semblait, à l'un et à l'autre, que Roqueservière n'avait jamais existé, mais il ne fut pas question de lui. Peut-être Paul, qui en parlait trop d'ordinaire, n'en parla-t-il pas assez ce soir-là. Sur un signe du maître de son

8

cœur, dans les dispositions où elle était, madame Fresnel eût fermé sa porte à tous les
Roqueservière du monde.

Le lendemain, à son réveil, Nadia reçut un
bouquet avec ces mots :

« Vous devez être bien triste ce matin. Permettez qu'un ami dévoué remplisse un peu,
avec ces fleurs, le vide laissé par votre charmante cousine.

                    » ROQUESERVIÈRE. »

La jeune femme se sentit fort touchée de l'attention et se dit qu'un égoïste blasé ne l'aurait
pas eue. Quant à Paul, à qui les pièces du procès furent soumises, il dut convenir que le
poulet n'avait rien d'incendiaire et les fleurs
rien d'exagéré.

— C'est un bouquet d'honnête femme allant
à pied, déclara-t-il. Roqueservière est passé
maître dans l'art des nuances.

Il parlait avec un sourire ironique, mais,

sous l'ironie, madame Fresnel crut deviner une souffrance.

— Voulez-vous que je renvoie ces fleurs ? demanda-t-elle subitement attendrie.

— Il est trop tard maintenant. D'ailleurs, de quel droit vous donnerais-je des ordres ? Je ne suis pas votre mari.

La réplique n'était pas heureuse. Nadia ne savait que trop qu'elle n'avait point de mari. Blessée dans son endroit sensible, elle dit à Paul :

— Vous n'êtes que mon amant, c'est vrai. Mais vous m'avez répété si souvent que vous voudriez être mon mari !

Elle avait les yeux pleins de larmes. Paul, redevenu lui-même, la prit dans ses bras :

— Et je vous le dis encore, fit-il. Sur mon honneur et sur notre amour, je le serais demain si je pouvais !

Cependant l'on aurait pu croire que Roque-servière avait attendu le départ de madame de Chalonne, sinon pour démasquer ses batteries, du moins pour les rapprocher avec une tranquillité patiente. La bouche des canons ne se distinguait pas encore ; mais on voyait s'ali gner des tertres verdoyants qui n'auraient rien dit de bon aux yeux d'une assiégée ayant plus d'expérience.

L'homme sévère, mais juste, tournait au complimenteur et à l'optimiste. Le professeur tombait en admiration devant les progrès de son élève. A l'entendre, il avait moitié fabriqué, moitié découvert une nouvelle Nadia, sérieuse, compassée, raisonnable, raisonneuse surtout, traçant au cordeau, comme un jardinier plante ses choux, les moindres paroles et les moindres actes. Il l'avait proclamée « femme supérieure » et, avec ce mot, — le compère l'avait bientôt deviné, — il l'eût fait passer dans un cerceau comme une écuyère de cirque.

Depuis sa promotion au grade de « femme supérieure », madame Fresnel nourrissait contre Paul un grief secret. Vainement, quand ils causaient ensemble, elle lui mettait sous le nez ses galons tout neufs. L'aveugle s'obstinait à ne pas les voir. Il la traitait en femme gracieuse, en femme bonne, en femme sûre, en femme aimée; en « femme supérieure », point, et, pour s'en venger, elle le traitait lui-même en homme superficiel, n'appréciant dans les autres que les qualités secondaires. Quelle différence avec le marquis !

Celui-ci, par contre, daignait parfois descendre de la chaire et se montrer amusant. Il racontait des histoires de la cour du second empire qu'il connaissait bien, pour s'y être rallié à des panaches qu'on trouvait toujours sur le chemin des parties fines. D'autres fois, il rapportait du club les cancans de la nuit encore tout chauds.

Il accusait à cette heure un scepticisme de haut vol et cette expérience élégante qui en arrive, par la force des choses, à distinguer entre la théorie des principes, bonne pour les masses, et leur pratique intelligente, spécialement réservée aux Roqueservière et consorts.

Enfin il avouait qu'au-dessus des fidélités les plus sincères et des vertus les plus rigides, plane victorieusement le génie fatal des chutes, et, à l'entendre, ce puissant génie avait daigné en plus d'une occasion lui prêter sa baguette. Il disait cela sans forfanterie, mais d'un air convaincu, les yeux brillants, fascinateurs; et la pauvre Nadia, plus troublée qu'elle ne voulait le paraître, regardait du côté de la canne du marquis, craignant toujours de la voir grandir à la dimension d'un sceptre magique.

Bien entendu, l'arrivage des bouquets continuait. Ils apparaissaient régulièrement le mercredi et le samedi matin, le lendemain des jours du marché aux fleurs de la Madeleine, ainsi que le remarquait Paul en ricanant; car, depuis quelque temps, son caractère ne tournait point à l'aimable.

— Ce Roqueservière, disait-il, a toujours eu le talent de profiter des *occasions*.

Nadia, énervée, prenait en grippe les hommes, les bouquets et l'amour en général. Elle parlait de disparaître sans crier gare, un beau matin. Pas une seule fois, depuis que le marquis venait chez elle, un mot n'avait été prononcé que l'univers ne pût entendre. Et cependant, elle sentait quelque chose de dérangé dans sa vie.

— Pourquoi suis-je allée chez Nathalie ! gémissait-elle. Pourquoi m'a-t-on laissée seule ce soir-là !

Vers la fin de juin, Roqueservière jugea que l'heure était venue, et la pauvre Nadia entendit l'antienne que tant d'autres, avant elle, avaient entendue de la même bouche. D'ailleurs, il débita la chose tranquillement, comme les grands artistes chantent la cavatine aux Italiens, en soignant la musique plus que les gestes. Il ne se montrait ni violent, ni pressant, ni même pressé, bien qu'il le fût, à cause de la saison, qui touchait à son terme.

Personne ne saura jamais quelle fut sa surprise, lorsque madame Fresnel, aux premières
ouvertures, l'envoya promener comme elle eût
fait du premier venu. Il crut qu'il entendait de
travers, bien que, Dieu merci ! ses oreilles
fussent restées bonnes. Nadia dut lui répéter,
en appuyant sur les mots, qu'elle refusait de
se donner à lui, qu'il se trompait du tout au
tout en supposant le contraire, et qu'elle n'avait
jamais compté devoir pousser si loin l'honneur
de sa connaissance.

En aucune occasion de sa vie, si ce n'est
quelques jours plus tard, le beau marquis ne
fut plus près de jurer en plein salon, devant
une femme bien élevée. Vous auriez dit un
homme à qui l'on vient de voler son chapeau
sur sa tête. Toutefois, il se contint, et, comme
il devait dîner, ce même soir, à sept heures,
chez une certaine vicomtesse de Saint-Rieul
qui commençait à avoir la cervelle tournée
de lui, il se leva sans discuter davantage et se
retira d'un air grave.

— Au revoir, Madame! dit-il seulement,
d'un ton derrière lequel on sentait la fameuse
baguette.

Dans le fond, il éprouvait encore plus d'ennui que de colère, et même, pour tout dire, il
se sentait un peu inquiet.

— Or çà, l'âge de la guigne va-t-il commencer? se demandait-il en traversant à pied
les Tuileries.

Il était frappé, moins dans son amour-propre
de don Juan que dans son intégrité d'homme
intact, sans avarie, ne connaissant pas encore
l'amer chagrin de ne pouvoir plus aujourd'hui
ce qu'il pouvait la veille. Il subissait le choc
superstitieux ressenti par le joueur, en veine
depuis le commencement de la partie, qui
vient d'abattre un coup nul et craint de voir
tourner la chance.

— Peste soit de la mijaurée! pensait-il.
Suis-je donc maintenant un de ces hommes
que les femmes remercient sans se fâcher, en
leur faisant comprendre qu'elles les trouvent

un peu mûrs ? Le diable m'emporte si cette in-
génue ne se figurait pas que je vais chez elle
pour ses beaux yeux et son esprit ! Positive-
ment, elle tombait des nues quand j'ai serré
la question. Elle n'a même pas eu peur ! Ma
belle enfant, patience ! On ne se moque pas
encore de Roqueservière.

Cependant Nadia, tout en faisant bonne
contenance, avait eu plus de peur qu'elle n'en
avait montré. Le soir, Chérancy ne la reconnut pas. Elle se blottissait contre lui avec cette
tendresse confiante, enfantine, un peu humble
qui était son grand charme, et qu'elle avait
moins, il faut l'avouer, depuis que Roqueservière, ce grand connaisseur, la traitait en
femme hors ligne.

Paul, ce soir-là, fut remis sur son piédestal,
flatté, cajolé, consulté, gâté. Mais, moins
avancé que le mari de la fable, il ignorait, en
savourant « ce bien si doux », à quel voleur
il en avait l'obligation.

Ah ! la bonne soirée ! Comme il était heu-

reux en rentrant chez lui ! comme il aperce
vait un long avenir de joie intime, de fidélité,
de dévouement ! Avec quel enthousiasme
jeune il acceptait une vie passée tout entière,
s'il le fallait, sans foyer domestique, afin d'être
toujours le soutien de cette chère créature qui
n'avait que lui ! D'ailleurs, un seul obstacle
les séparait : un homme caché quelque part
en Amérique, sous un faux nom. Demain,
Nadia pouvait être libre ! Et alors, devant le
monde entier, pour toujours, ils s'appartien-
draient.

Pauvres aveugles, pauvres ignorants que
nous sommes ! Il aurait eu le cœur déchiré
s'il avait su que, pour la première fois, Nadia
cachait un secret, et quel secret ! Elle se tai-
sait par prudence, à dire vrai, non par
défaut de franchise. Elle éprouvait envers le
marquis un seul sentiment : une immense
rancune.

— Si encore, pensait-elle, un amour vrai
lui avait inspiré ce qu'il m'a osé dire ! O misé-

rable isolement qui autorise tout! Enfin! il
ne reviendra plus. C'est un mauvais rêve
que j'ai fait. Il ne faut pas raconter certains
rêves !

IX

Nadia se trompait ; le marquis revint.

Son dîner en petit comité chez la vicomtesse de Saint-Rieul avait raffermi son moral, ébranlé par une secousse passagère. Les autres invités s'étaient retirés de bonne heure, et, comme le vicomte, grand sportman, avait passé le détroit pour aller voir des courses, Roqueservière, resté seul, n'avait pas eu lieu d'être mécontent. On lui avait prouvé d'une façon péremptoire qu'il était toujours jeune, et qu'à moins d'être singulièrement intrépide,

9

une femme avait toutes les raisons imaginables
d'avoir peur de lui.

Cependant la vicomtesse avait un hôtel rue
Galilée, un château en Poitou, et, quand on
ne la voyait pas à l'Opéra le vendredi soir, dix-
huit cents personnes disaient dans la salle :

— Tiens ! qu'est-ce qui est donc arrivé à
madame de Saint-Rieul ?

Mais Roqueservière — bien d'autres sont
taillés sur le même patron — aurait donné
douze duchesses prêtes à dire oui pour la
petite femme sans château, sans hôtel et sans
loge à l'Opéra, qui disait non. Ce « non »
était un mauvais présage, malgré tout, et aussi,
la chose étant ébruitée, un mauvais exemple.
Il fallait, de toute nécessité, que le « non » de
Nadia devînt un « oui ».

Donc le marquis reparut chez madame
Fresnel, et pas plus tard que le lendemain de
son échec. Mais la nuit porte conseil : il avait
fait ses réflexions. C'était un autre Roqueservière vaincu, amoureux et, cela va sans dire,

amoureux pour la première fois de sa vie. Madame Fresnel ne s'attendait pas à celle-là et n'avait pas même songé, tant elle croyait la chose inutile, à défendre sa porte à ce nouveau converti. Tout d'abord, la surprise lui coupa la parole.

— Hélas! gémit la bon apôtre, le plus étonné de nous deux, c'est encore moi. Amoureux à mon âge, après la sotte existence que j'ai menée! Depuis un mois, je rougis comme d'une honte des sentiments inconnus que je sens éclore dans mon cœur, glacé jusqu'ici. J'ai voulu vous cacher ma faiblesse. Avec vous, j'ai feint le cynisme, de même que je jouais la passion avec les autres. Ah! que vous les vengez glorieusement! Comme elles riraient de ma défaite si elles pouvaient me voir aujourd'hui!

Malheureusement pour Nadia, ces dames étaient trop loin pour rire et ne pouvaient l'aider du secours de leur expérience. Parlez-moi des femmes honnêtes pour être crédules

sur un pareil sujet. Certes, madame Fresnel
n'aurait pas gagé un gros prêt sur la sincérité
de l'amour de Roqueservière ; mais, après
tout, s'il faut en croire les romans, rien n'est
plus commun pour un viveur dans la matu-
rité que l'accident dont il se prétendait la victime. Le plus sûr était d'échapper par la tan-
gente.

— Soyons amis et partez, proposa-t-elle.

— Je tâcherai d'être votre ami, dit-il avec
un soupir à fendre l'âme, ou du moins je vous
aimerai d'un amour si désintéressé, que vous
ne sauriez me le défendre. Mais partir !... Ne
me le demandez pas. Laissez-moi, vous voir,
entendre votre voix qui, dans le même instant,
me rend fou et me calme. Hier, je n'avais plus
la tête à moi, mais ne craignez pas une rechute.
Mon sort était de finir par un amour sincère.
Que le destin s'accomplisse ! Ne craignez rien
d'un homme que vous avez enchaîné et qui
bénit ses chaînes.

Il n'était pas, toutefois, enchaîné de si court

qu'il ne pût faire de grands gestes, se mettre
à genoux, lever les bras au ciel, serrer son
front dans ses mains, puis tout à coup baiser
celles de Nadia comme il eût baisé un reli-
quaire.

Assurément, ce prisonnier qu'elle venait de
faire malgré elle embarrassait beaucoup la
jeune femme, et cependant, depuis qu'il l'avait
rassurée, il commençait à l'intéresser tout de
bon. Elle le considérait curieusement, ainsi
qu'elle eût examiné, avant de lui rendre l'es-
sor, une hirondelle tombée dans sa chambre
par la cheminée.

— Quelle différence avec Paul ! songea-t-elle
quand l'oiseau fut parti. Quel flux de paroles !
quel ouragan ! Je comprends qu'une femme
coquette et légère puisse en avoir la tête un
peu tournée.

Elle-même, au fond, n'était pas sans éprouver quelques symptômes de vertige. A compter
de cette heure, les lettres du marquis se
mirent à pleuvoir chez elle, ou plutôt à tom-

ber avec la régularité de la goutte d'eau qui
entame la pierre. Il en arrivait une le matin,
une le soir. Elle avait lu la première pour voir
si elle pouvait la lire. Elle lut les suivantes
comme on lit la suite d'un feuilleton conve-
nable et bien écrit. Le genre épistolaire était,
en effet, le triomphe du marquis, dont l'esprit
un peu lourd s'en accommodait mieux que de
la parole. Ses lettres étaient des chefs-d'œuvre.
Pensées délicates ou profondes, périodes ar-
rondies, calligraphie parfaite, rien n'y manquait, pas même une virgule. On pouvait les
proposer, selon les cas, comme des modèles
de sentiment, des modèles de style ou des modèles d'écriture.

Chérancy, la chose va de soi, n'était pas admis à les savourer. Il aurait fallu, avant de
les lui montrer, reprendre l'histoire d'un peu
plus haut, et, de jour en jour, ce retour en
arrière devenait plus difficile. Mais, chaque
jour aussi, les visites du marquis devenaient
plus longues. Nadia les recevait avec un mé-

lange de curiosité et de crainte, éprouvant,
à certain coup de sonnette qu'elle connaissait
bien, un petit frisson qui n'était pas sans
charme. D'ailleurs, elle ne se sentait pas cou-
pable. Roqueservière, fidèle à sa parole, souffrait en silence. Paul pouvait-il se plaindre que
l'on fît souffrir son ennemi?

Un matin, au lieu des quatre pages réglementaires, la lettre du marquis ne contenait
que ces simples mots :

« Je n'en puis plus! Votre bonté affec-
tueuse et patiente me déchire le cœur plus
que ne feraient les traitements les plus rudes.
Cette misérable torture ne peut durer. Quand
vous lirez ces lignes, je serai bien loin. Où?
Que vous importe? — Adieu! »

— Pauvre marquis! pensa madame Fresnel
légèrement émue. Pourquoi n'est-il pas venu
m'annoncer qu'il partait? Je lui aurais dit
une bonne parole.

Soulagée dans sa conscience par ce départ, Nadia n'en était que plus disposée à la miséricorde. Toute la journée, elle fut triste pour le voyageur; mais, le lendemain et les jours suivants, elle fut triste pour elle-même. Les heures lui semblèrent longues. Elle sentait, un peu étourdie, ses oreilles bourdonner et ses tempes battre, comme il arrive quand on a passé d'un grand bruit à un silence subit. Au bout de la semaine, elle s'avoua qu'il valait mieux pour tout le monde que Roqueservière fût loin. Elle pensait à lui sans cesse; et, quand cette imagination se mettait à travailler, ce n'était pas à demi. Le quinzième jour, elle en arrivait à se dire :

— Mon Dieu! pourvu qu'il ne revienne pas !

Elle se rendait compte, à cette heure, de la fascination inévitable et fatale dont il lui avait parlé souvent. Elle la craignait plus, depuis que le fascinateur était loin, comme on craint davantage une arme invisible cachée.

Elle croyait sentir le magicien l'enveloppant de ses passes magnétiques, endormant sa volonté à distance.

Au milieu de cette langueur, elle vit sa porte s'ouvrir, puis se refermer. Roqueservière échevelé, pâle, amaigri, tomba plutôt qu'il ne s'agenouilla sur le tapis. Son excitation était effrayante et semblait approcher des limites de la folie.

— Je ne peux pas ! sanglotait-il. C'est plus fort que moi ! J'étais à l'autre bout de la France; mais il m'a fallu revenir, vous revoir, vous entendre encore !... Nadia ! ma reine ! mon bourreau ! mon idole !... Ne serai-je donc jamais pour vous qu'un étranger à qui votre cœur ne saurait donner la moindre place ?

— Allez-vous en, de grâce soupira-t-elle, sans même savoir qu'elle parlait.

— Ah ! femme impitoyable ! je fuirais au bout du monde si, à ce prix, je pouvais être aimé de vous.

9.

— Fuyez donc, alors, soupira-t-elle, éper-
due, abasourdie, enivrée. C'est moi qui vous
demande grâce ! Vous me brisez !

— Nadia ! vous m'aimez ?

— Oui ! gémit-elle en fermant les yeux.

Roqueservière, triomphant, était déjà debout, mais ce n'était pas pour fuir. De ses
mains raidies, elle le repoussa avec tant de
force qu'il tomba presque.

Il avait cette sûreté de coup d'œil qui est la
première qualité d'un grand homme d'amour
et d'un grand homme de guerre. Il comprit
qu'en faisant un pas de plus dans la minute
présente, il risquait le gain final de la bataille.
D'un élan magnifique, il baisa le bas de la
robe de Nadia; puis, se relevant, radieux,
transfiguré :

— Voilà, s'écria-t-il, assez de joie pour un
jour. Vous venez de me donner plus de bonheur que je n'en ai reçu d'aucune femme. Je
suis à vous pour la vie.

A ces mots, il disparut afin d'aller se re-

poser ; car il n'avait pas menti en disant
qu'il arrivait de loin. Il venait des frontières
d'Espagne, d'une traite, et il tombait de sommeil.

X

Le soir, quand Paul arriva chez son amie, il ne la trouva pas, comme à l'ordinaire, installée dans le petit fauteuil bas d'où elle le regardait entrer, souriante, attendant paresseusement sa première caresse. Montée sur un escabeau, elle se donnait un mal infini pour disposer une draperie dont elle prétendait essayer l'effet. Dans ce travail qui n'avait rien de pressant, la jeune femme, ouvrière peu zélée d'habitude, semblait complètement absorbée.

Paul, très amateur de travaux semblables en

sa qualité d'artiste, s'empressa de poser son chapeau, fit apporter une échelle, demanda des outils. En un quart d'heure, avec des soins minutieux, sans épargner ses peines, il eut terminé l'œuvre commencée par Nadia. Tout en plantant les derniers clous, il lui disait :

— Je me figure que nous sommes mariés et que j'installe notre ménage.

En descendant de son échelle, il faillit mettre le pied sur une forme humaine age- nouillée, presque prosternée, sanglotant tout bas, la tête dans ses mains.

— Nadia ! s'écria-t-il, voulant la prendre dans ses bras. Au nom du ciel, qu'avez-vous ?

Elle le repoussa doucement et son déses- poir éclata avec une violence effrayante. Tout son être était secoué par une crise auprès de laquelle ce que Paul avait vu jusque-là n'était rien. Elle essayait de parler ; mais de longues plaintes, déchirantes à entendre, sortaient seules de sa bouche.

— Mon chéri ! mon bien-aimé ! cher soutien
de ma vie ! dit-elle enfin. Pour quelle malheureuse créature vous prenez tant de peine !

Elle fixait sur lui ses yeux ruisselants de
larmes. Elle lui parlait les mains jointes, portant sur ses traits égarés l'expression d'une
désolation complète. Chérancy lui-même, pâle
comme un mort, le cœur serré par un pressentiment funeste, l'écoutait avec angoisse,
n'osant plus, à cette heure, s'approcher d'elle.

Avec une exaltation de langage qui montrait
son trouble, elle continua :

— Mon beau jardin fleuri, je vous ai dévasté de mes propres mains ! J'ai foulé aux
pieds vos belles roses ! Tout est détruit ! Ma
pauvre maison, rebâtie sur le solide rocher,
est en ruine. Et, maintenant, il me faut errer
au hasard, comme une mendiante sans abri.
Paul ! Paul ! je vous ai perdu ! Pourquoi, auparavant, ne suis-je pas morte ?

Elle ne pleurait plus. Ses yeux dilatés, secs,
brillaient ainsi que les yeux d'une folle. Ché-

rancy, pour parler, dut s'y reprendre à deux
fois, tant sa gorge était serrée. Enfin il réussit
à faire entendre cette simple question :

— Monsieur de Roqueservière est de retour?

Elle devina l'autre interrogation, celle que
le gentilhomme, respectueux de la femme
jusqu'au bout, épargnait généreusement à
son oreille. D'un bond, elle se releva.

— Sur l'âme de ma mère, cria-t-elle en lui
prenant les mains, je n'ai pas fait l'horrible
chose que je lis dans votre pensée !

— Eh bien, alors ? demanda-t-il, ne comprenant plus rien à tout ce qu'il voyait.

Elle retomba sur ses genoux, et, de nouveau,
fit entendre ces gémissements qui ne formaient
qu'une longue plainte.

— Mais, grand Dieu ! parlez donc !... dit
Paul. Vous vous tuez, et moi en même
temps !

— Je ne sais pas ce qu'*il* m'a fait, gémit-elle.
Je n'y comprends rien moi-même. Il venait, il
venait !... Oh ! Paul ! pourquoi, dès le premier

jour, ne m'avez vous pas ordonné de lui fermer ma porte ?

Chérancy garda le silence. Il ne pouvait rien dire avant de savoir tout.

— Il y a quinze jours, continua-t-elle, cet homme est parti tout d'un coup. Il souffrait trop de n'obtenir de moi aucune espérance. Il m'aimait trop, et voulait essayer de me fuir.

— Il vous aimait trop ! Vous le croyez, pauvre sotte !

— Je suis plus qu'une sotte, reprit-elle humblement ; je suis la dernière des insensées. Mon cher Paul ! je vous aime autant que mon cœur est capable d'aimer. Vous ne me croiriez pas si je vous disais avec quelle joie j'ai appris le départ de cet être fatal. Depuis quinze jours, vous êtes bon, dévoué, tendre pour moi...

— Pas meilleur, pas plus dévoué, pas plus tendre que depuis quatre ans !

— Si vous me parlez de ces quatre ans, mon pauvre ami, jamais je ne viendrai à bout

de ce que j'ai à vous dire. Hier, celui que je
ne nommerai plus jamais a reparu subitement. Je ne l'attendais pas. Surtout, mon
Dieu! je ne le désirais pas. Il m'a surprise,
effrayée, domptée. J'ai perdu la tête, et je lui
ai dit... je lui ai dit ce qu'il souhaitait d'entendre.

— Que vous l'aimiez? dit Paul, dont la voix
enrouée s'entendit à peine.

Par un mouvement accablé de sa personne
entière, Nadia fit signe que oui. Alors Chérancy, d'un pas très calme, s'approcha de la
table où il avait posé son chapeau et le prit
pour sortir. Il eut presque un sourire de pitié
sur lui-même en voyant l'échelle, le marteau,
les clous. Il leva la tête vers la draperie qu'il
venait d'arranger avec tant de zèle pour éviter
une fatigue à la femme aimée. Un autre, désormais, lui rendrait ces services.

— Quand vous la regarderez, dit-il, en levant la main vers l'étoffe, vous penserez à
moi.

Ce fut la seule parole amère que Nadia
devait entendre de cet homme étrangement
fort. Déjà, sans diriger les yeux sur elle, il
marchait du côté de la porte. Nadia, toujours
à genoux, tournait sur place à mesure qu'il
s'éloignait, pour le voir jusqu'au bout.

— Je penserai à vous, disait-elle d'une
voix douce comme un chant, jusqu'à la dernière minute de ma vie. Chacun des coins de
cette chambre m'y fera penser. Paul! écoutez
ma dernière parole. Vous savez bien que je ne
mens jamais : je vous aime! Et souvenez-vous
toujours d'une chose : en ne vous avouant
rien, en étant moins franche, je vous aurais
gardé.

— C'est vrai! fit-il en s'arrêtant sur le
seuil. Aussi je vous estime. Vous étiez libre,
d'ailleurs. Vous ne teniez à moi que par des
liens...

— Je tenais à vous par tous les liens qui
peuvent enchaîner le cœur et le corps d'une
pauvre femme. En ce moment, je vous aime

comme je ne vous ai jamais aimé. Quant à *lui*, je le hais; il m'a perdue. Car, sans vous, je suis perdue, et vous le savez bien. Emportez cette vengeance. Qu'elle vous console si, quelquefois, vous avez besoin d'être consolé.

— Qui sait? dit Paul, la main crispée sur la serrure. Pourquoi ne seriez-vous pas très heureuse avec lui?

— O mon bien-aimé! ne soyez pas cruel. Je vous aimais mieux tout à l'heure quand vous partiez sans rien dire. Paul! Dieu sait quelle triste créature je puis être un jour. Mais il y a un homme, entre tous, qui n'aura jamais rien de moi. Cet homme, c'est lui! Comment pourrais-je lui pardonner l'heure que nous venons de passer l'un et l'autre?

En ce moment, Chérancy, levant les yeux sur Nadia, s'aperçut qu'elle allait défaillir.

— Ah! pauvre petite! s'écria-t-il en accourant, ne soyez pas malade.

Une fois encore, elle appuya sa tête sur le

cœur où elle avait reposé si souvent. Elle murmurait, comme dans un rêve :

— Non, il ne faut pas être malade ; personne ne me soignerait. Personne ne me soignera plus. Cher, vous souvient-il de ma dernière maladie? Ce n'était pas bien grave, et pourtant vous avez voulu me veiller. Moi, je vous ai laissé faire, pour le plaisir de vous garder toute une nuit à mon chevet, me regardant avec vos grands yeux bons, comme pendant cette autre nuit, la première, celle où nous avons voyagé ensemble.

Paul, vaincu, sentit s'enfuir toute sa force, toute sa dignité, tout son orgueil.

— Écoute, fit-il en la serrant dans ses bras. Peut-être que nous pouvons être heureux encore. Partons! Il ne faut pas que tu restes ici. Ta santé ne résisterait pas à l'épreuve. Demain, je t'emmène bien loin. Puisque tu dis n'avoir fait qu'un mauvais rêve, — et je te jure que je le crois, — tout peut s'effacer. Un cauchemar s'oublie.

— Tu ferais cela! s'écria-t-elle toute tremblante. Tu ferais cela! Il y a au monde un
homme capable de ce prodige!...

. — Je t'en supplie, calme-toi. N'exalte pas si
haut mon mérite. Nadia, tu m'es nécessaire :
ma vie sans toi serait brisée. Ton amour est
tout pour moi. N'est-ce pas, trésor unique de
mon cœur, tu pourras m'aimer encore ?

— Si je vous aimerai, mon roi, mon Dieu!...
Mais je ne vous ai pas encore aimé jusqu'ici.
C'est maintenant que vous allez voir où peut
aller l'adoration, le dévouement, la reconnaissance humble et passionnée d'une âme humaine. Hélas! moi, je n'ai rien à vous pardonner; mais vous!.... Aurez-vous la force d'oublier ? Cet héroïsme dont vous vous enivrez
aujourd'hui ne vous paraitra-t-il point, dans
une semaine, dans un mois, l'aveuglement
le plus stupide ?

Nadia désirait trop se sentir convaincue
pour ne pas l'être bientôt. Paul, afin de la distraire de l'émotion qui la rendait encore chan-

celante, parla sur l'heure des préparatifs de
leur départ et du but de leur voyage. Toutefois ils avaient l'un et l'autre trop besoin de
repos et de calme pour rien décider ce soir-là.
D'ailleurs, l'essentiel était de partir; mais,
avant de s'éloigner pour longtemps, Chérancy
devait nécessairement passer quelques heures
en province, pour régler une affaire pressante.

— Deux jours sans nous voir ! soupira la
jeune femme. Oh ! Paul...

— Vous n'aurez pas trop de deux jours pour
faire vos malles. Faites-les très grosses ; nous
irons très loin, et Dieu sait quand nous revien-
drons. Il faut qu'après-demain je vous trouve
prête à monter en voiture.

Il était debout, la main sur la serrure,
et cependant il ne sortait pas, tournant dans
sa tête une dernière chose qu'il avait à dire,
une chose pénible, à en juger par la ride
qui lui coupait le front.

— Il ne faudrait pas, prononça-t-il enfin,
que... que cet homme revînt vous troubler.

Ne feriez-vous pas bien... ne serait-il pas digne de vous et de moi de lui écrire que vous serez absente... pour longtemps?

— Vous craignez pour moi sa visite? répondit-elle avec une sorte d'enthousiasme ardent. Ah! comme vous comprenez peu le besoin qui remplit mon âme! Oui, j'ai besoin de le voir, de lui parler en face, de lui reprendre, comme un gage donné dans un moment de folie, ces paroles qu'un sortilège m'a arrachées, de lui dire que je ne l'aime pas, que je ne l'aimerai jamais. Je ne me sentirais pas digne d'être encore à vous si, d'abord, je ne m'étais reconquise.

Paul avait envie de répondre que, pour une femme, la plus mauvaise retraite vaut mieux que le plus intrépide combat. Mais il se tut, voyant les éclairs qui brillaient dans les yeux de cette guerrière. Peut-être aussi éprouvait-il quelque douceur à se figurer par avance la déconvenue de l'invincible marquis. Il rentra chez lui et, le lendemain de grand matin, il se mit en route pour sa terre de la Beauce. Il croyait, à son retour, ne faire que toucher barre et repartir le soir même avec Nadia. Mais il trouva sur sa table une lettre qui changeait ses projets. C'était madame Fresnel qui lui écrivait :

« *Il* est venu, et je lui ai dit tout ce que je comptais lui dire. Mais j'aurais été trop peu punie si tout s'était terminé avec cette aisance. J'ai affaire à un homme tenace et, par-dessus tout, pétri d'orgueil. Il peut tolérer, paraît-il, qu'une femme ne l'aime pas ; mais la pensée que cette femme le repousse au profit d'un autre le rend blême. En somme, il m'a fait peur ; pas pour moi. J'ai compris qu'il va m'épier, autrement dit nous découvrir. Cher, mon honneur vous est plus précieux que votre vie ; votre vie est mon seul bien ici-bas. Il s'agissait de garantir l'un et l'autre : pour quelque temps je me suis sacrifiée.

» Monsieur de R... était à peine remonté

dans sa voiture que j'avais sonné ma femme de chambre et commencé mes malles. Dans deux heures, je vais partir et je vous jure qu'à la minute où je vous écris, je ne sais pas encore dequel côté se dirigera ma fuite, car il faut bien vous avouer que votre pauvre Nadia sent sa tête un peu troublée.

» Vingt tours de roue d'un wagon sur une ligne quelconque la remettront. Demain matin, en prenant pied, je vous dirai où je suis, où il faut m'écrire. Mais, mon ami, vous ne viendrez pas. Vous resterez à Paris ; on vous verra partout ; vous aurez l'air le plus heureux du monde. Il le faut, car vous serez épié, suivi. En venant me rejoindre plus tôt qu'il n'est prudent, vous pourriez tout perdre. Paul, soyez bon, miséricordieux, patient. Pardonnez-moi ce trouble nouveau et passager que je jette dans votre vie. Vous m'avez pardonné bien autre chose. Mettez-vous à la place d'une femme encore toute tremblante, et soyez fort, vous qui êtes un homme. Ayez confiance dans

10

l'avenir et dans mon amour, qui est sans bornes, comme il sera sans fin. A demain une lettre ; à bientôt *vous*, c'est-à-dire le bonheur et le terme de l'épreuve. O Dieu ! comme elle me paraît déjà longue ! »

Chérancy lut deux fois cette lettre et fit de son mieux pour la juger froidement. D'une part, sa fierté se hérissait à la pensée que Nadia prenait la fuite pour ne pas l'exposer lui-même à la mauvaise humeur de Roqueser- vière. De l'autre, il était bien forcé de s'avouer qu'il s'agissait en cette occasion d'autre chose que d'un coup d'épée à donner ou à recevoir. La réputation d'une femme était en jeu. Il se résigna, d'assez mauvaise grâce, peut-être ; mais après tout, l'amour, la loyauté, le dé- vouement éclataient dans chacune des lignes qu'il venait de lire. D'ailleurs, il n'avait pas le choix de la conduite à garder, puisqu'il était en face d'un fait accompli. Enfin, c'était l'affaire de quelques jours et, dès le lendemain, il en saurait davantage.

La journée lui parut longue. Suivant les conseils dont il ne pouvait méconnaître la sagesse, il se montra un peu partout, aux Acacias dans l'après-midi, à son cercle où il dîna, au cirque où il aperçut « tout Paris », sauf Roqueservière. Le jour suivant fut la copie de celui qui l'avait précédé. L'aurore du surlendemain trouva Paul, éveillé, attendant la lettre de Nadia ; mais le courrier le laissa les mains vides. Vingt-quatre heures après, il n'était pas plus avancé.

Pour la première fois depuis quatre ans, la femme qu'il avait aimée jetait le trouble dans sa vie, ainsi qu'elle-même le disait. Quatre ans de calme, traversés seulement par les iné-galités d'une nature inquiète et nerveuse ! Mais, depuis quatre jours, comme il payait chèrement cette longue tranquillité ! Incapa-ble de se maîtriser plus longtemps, il se pré-senta chez madame Fresnel. Le concierge, fort étonné de cette ignorance chez un homme qu'il avait de bonnes raisons pour croire mieux informé, répondit en ouvrant de grands yeux:

— Mais, Monsieur, madame est partie mercredi soir.

Paul eut le courage — dégradant à ses propres yeux — de questionner cet homme qui savait son secret et devinait sa torture.

— Madame n'a pas laissé son adresse?

— Madame n'a rien dit.

Paul avait l'air si déconcerté, que le concierge eut pitié de lui. Dieu vous garde d'exciter jamais la commisération d'un concierge!

—Seulement, ajouta l'homme au cordon presque à voix basse, madame s'est fait conduire à la gare Montparnasse.

Chérancy s'enfuit, rouge de confusion comme s'il eût emporté une aumône. A cette heure, il en voulait cruellement à celle qui le soumettait à ces avanies. Avec le besoin instinctif de faire tomber sa colère sur quelqu'un, il commit la folie de se présenter chez le marquis. Heureusement il ne trouva pas Roqueservière.

— Monsieur le marquis est-il à Paris ? questionna-t-il.

Cette fois, il s'adressait à un interlocuteur femelle qui lui donna, sans se faire prier, les plus obligeants détails. On n'avait pas revu Roqueservière depuis le mercredi soir. Mais, le lendemain dans la matinée, le valet de chambre du marquis avait reçu un télégramme, et, peu d'heures après, il avait été rejoindre son maître, emportant une valise d'un certain volume. Quant au lieu de la destination, Chérancy ne put rien apprendre.

— Monsieur Dominique et moi, nous ne nous parlons pas, dit la concierge en pinçant les lèvres ; c'est un personnage en dessous et déplaisant, qui se croit supérieur à tout le monde parce qu'il est l'homme de confiance de son maître. Je sais seulement qu'il s'est fait conduire à la gare Montparnasse.

Paul s'enfuit, plutôt qu'il ne s'éloigna,

10.

oubliant, dans son trouble, de jeter un louis
à l'ennemie de « monsieur Dominique ». Il
rentra chez lui pour se reconnaître au milieu
de la crise qui déconcertait sa vie, depuis
longtemps si paisible, et, s'asseyant devant sa
table, ses gants encore aux mains, son chapeau sur la tête, il regarda dans le vide sombre qui s'ouvrait inopinément devant lui.

Dans une situation analogue, le premier cri
qui s'échappe du cœur d'une femme est celui-ci :

— Il ne m'aime donc plus !

Paul se demanda, comme tout autre homme
se le fût demandé à sa place :

— Ai-je donc été sa dupe ?

Tout d'abord il repoussa l'idée d'une mys-
tification vulgaire, inutile autant qu'odieuse.
Madame Fresnel, en supposant qu'elle se fût
donnée à Roqueservière ou qu'elle eût l'intention de lui céder, n'avait pas besoin d'employer
tant de mystère et tant de ruse. Trois jours
plus tôt, Chérancy avait le pied sur le seuil de
sa porte ; elle n'avait qu'à le laisser partir,

avec les larmes plus ou moins sincères qui
sont, en pareil cas, la dernière politesse d'une
femme bien élevée envers l'amant qu'elle
quitte. Chérancy lui avait fait la partie belle ;
aucun bruit, pas de désespoirs pouvant éveiller la pitié, nulle menace envers personne.

D'ailleurs, cette créature exaltée et vibrante
qui venait de donner un nouvel exemple de la
fragilité féminine s'était montrée en même
temps telle qu'il l'avait toujours connue, c'est-
à-dire la plus loyale des femmes. Et la plus
aimante aussi, pauvre Nadia ! Certains gestes,
certains soupirs, certains éclats de douleur ne
trompent pas. Non, Roqueservière n'était pas
avec elle !

Mais alors, où donc était-il ? A la même
heure, le même jour, ils avaient disparu dans
la même direction, sans laisser de traces. Tous
les raisonnements, toute la confiance du monde
étaient impuissants à détruire cet irrécusable
argument de fait. Dans l'occasion, le moins
qu'on pût faire était de soupçonner. Soupçon-

ner, ô honte! Vivre face à face avec l'image gri-
maçante et voilée de son propre ridicule ! Se
montrer injuste dans le mépris ou grotesque
dans l'estime! Dévorer sa souffrance dans
l'inaction et l'immobilité, ou se donner mille
fatigues et mille peines pour entendre, un
jour, l'exclamation de deux fugitifs décou-
verts dans l'abri de leur ivresse!

Chérancy se leva, secouant ses épaules sous
le poids insupportable qui les meurtrissait, et,
sans prendre parti entre l'accusation et la défense, il renvoya la cause au lendemain, comptant sur les heures à venir pour amener l'évi-
dence.

— Demain soir, je partirai, décida-t-il, si je
n'ai rien appris de nouveau.

Le délai passé, il s'en accorda un autre
d'égale durée ; puis, n'ayant reçu aucune lettre
et s'étant assuré que l'absence de Roqueservière continuait, il quitta Paris, emportant au
fond de son cœur ce dégoût de soi-même et
de la vie qui succède aux grandes déceptions.

XI

Deux jours plus tard, Chérancy débarquait Cauterets, encore vide de baigneurs ; car juillet commençait à peine. Mais il comptait sur cette solitude, et son intention, précisément, était de s'enfoncer dans la montagne aussitôt que le monde arriverait.

Il avait hésité d'abord entre les Pyrénées et les Alpes. Le pittoresque plus chaud, plus facile à embrasser de la chaîne du Midi, avait fixé son choix ; car il s'agissait pour lui, moins de voyager, que de peindre. Cruellement meurtri, Paul savait par expérience qu'il

n'est ici-bas, contre le chagrin, qu'un seul
remède : le travail. Le bruit des voix hu-
maines étourdit la douleur; le changement
des lieux la distrait pour un instant; le travail seul, continué avec une volonté forte, peut
la guérir. Le travail est la seule maîtresse
qui n'ait jamais déçu, jamais rebuté, jamais
trompé ceux qui l'aiment.

Chaque matin, Chérancy faisait à pied
l'ascension du lac de Gaube, où il avait entre-
pris une grande étude. Cette montée de deux
heures dans la gorge encore sombre, tout
humide de la rosée du ciel et de la vapeur
des cascades grondantes, lui faisait du bien.
A l'arome énergique des pins, ses poumons se
dilataient. Son cœur même était alors moins
serré, et cette heure de la journée lui semblait
la meilleure de toutes.

Au lac, dans la pauvre auberge rouverte
depuis peu, il retrouvait sa toile, son parasol et
son attirail de peintre. Alors il gagnait la place
qu'il avait choisie sur le bord désolé du

bassin aux eaux bleues, énorme saphir en-
châssé dans le granit, et il se mettait au travail, se hâtant fiévreusement pour chasser la
pensée importune. Aussi l'aubergiste, trompé
par cette âpreté à la besogne, le croyait pauvre, et, avec de grandes recommandations de
silence, il avait offert d'abaisser pour lui ses
tarifs.

Les touristes étaient rares. Souvent Paul
achevait sa séance, n'ayant eu d'autres visites
que celles de son hôte, de la femme de ce
dernier, jolie Basquaise aux yeux noirs, et de
deux adorables fillettes toujours escortées
d'un chien plus haut qu'elles. Parfois, des
chasseurs d'isard lui demandaient du feu
pour leur pipe à la monture de cuivre; ou
bien quelque pêcheur de truites faisait sonner
dans les rocailles, au-dessous de lui, les crocs
d'acier de ses lourds sabots, tout en fouettant
l'air de sa gaule. Mais les grands admirateurs
de sa peinture étaient les contrebandiers
espagnols, chaussés d'espadrilles, coiffés du

foulard rouge, qui circulaient sans bruit,
comme des chats, sautant de pierre en pierre,
malgré leur charge énorme. Ils s'arrêtaient
derrière Paul pour souffler, roulaient une cigarette et se montraient avec ravissement
la toile où se dressait le grand Vignemale
encore neigeux jusqu'à la base de son cône.

Un jour, l'un de ces montagnards naïfs
amusa beaucoup le peintre en lui demandant
si l'on aperçoit le Vignemale de Paris.

— Non, répondit Paul en riant, les maisons en empêchent.

Mais, les contrebandiers partis, le pauvre
garçon n'avait plus envie de rire.

— Plût au ciel, pensait-il, que cette montagne fût assez haute pour permettre à mon
regard de découvrir l'endroit où ils se ca-
chent ! Comme j'aurais vite fait l'ascension !
Et comme je me sentirais soulagé après
avoir châtié l'homme maudit qui a dévasté
ma vie !

Car il ne doutait plus, à cette heure, qu'il

n'eût été victime d'une ruse adroitement our-
die.

— Et moi, songeait-il, les poings crispés,
j'ai poussé l'obligeance jusqu'à m'éloigner de
Paris pour les laisser partir tout à leur aise !

Ce jour-là, vers cinq heures du soir, en traversant l'esplanade des Œufs pour rentrer à
son hôtel, Chérancy constata, non sans ennui,
que le nombre des baigneurs avait doublé
depuis la veille et qu'il fallait planter sa tente
dans un lieu plus paisible. Comme il continuait sa marche, fouillant du regard les
groupes de promeneurs où il craignait de rencontrer des visages connus, il fut arraché de
sa préoccupation par un bruit de voix qui
criaient à pleins poumons, tout près de lui,
avec un ensemble parfait :

—A bas les gendarmes !

Il s'arrêta, en bon Parisien, pour regarder
l'émeute et fut rassuré incontinent à la vue
des insurgés qui, assis en rond au pied d'une
guérite bariolée, n'avaient pour armes que

11

des bâtons de sucre d'orge qu'ils brandis-
saient frénétiquement.

Ce n'était pas la première fois de sa vie que
Paul assistait aux démêlés de Polichinelle
avec Pandore. Mais le directeur du Théâtre-
Guignol à Cauterets est un habile homme qui
a trouvé le moyen non seulement d'avoir toujours salle comble, mais encore d'avoir un
public qui joue la pièce avec lui et pour lui.
Là, le vrai dialogue s'échange d'un côté de la
rampe à l'autre. Polichinelle cause avec ses
spectateurs; il n'a rien de caché pour eux; il
reçoit leurs avis, les discute au besoin et ne
dédaigne pas, à l'occasion, d'interrompre son
rôle pour mettre sa petite main de bois dans
la main pas beaucoup plus grande d'une abonnée qui arrive en retard.

Il connaît par leur nom bon nombre de ces
messieurs et de ces demoiselles; c'est un ami
pour eux, et, la dernière scène venue, il s'en-
quiert du dénouement qu'on aime le mieux ce
jour-là : supplice ou évasion, enterrement ou

mariage. Peu lui importe, pourvu qu'on soit content.

Aussi Polichinelle peut compter, à la vie à la mort, sur ce public reconnaissant dont il a toutes les faveurs. Quand le gendarme s'avance à pas de loup pour saisir au collet son ennemi irréconciliable, il sort, de toutes ces poitrines d'enfants, des cris aigus à faire tomber les hirondelles.

— Prenez garde ! Il arrive ! Il a un gros bâton !

Qu'il s'agisse de déménager clandestinement son mobilier saisi ou de faire disparaître le corps de sa femme assassinée, Polichinelle n'a qu'à suivre les avis du parterre qui sait d'ailleurs, au bon moment, tirer son favori d'affaire par un faux témoignage corsé.

Ce jour-là, précisément, Polichinelle avait commis un de ses péchés d'habitude : il venait d'assommer Colombine et convenait ingénument qu'il avait frappé un peu fort.

— Mais aussi, plaidait-il, quelle personne

insupportable ! Vous l'avez vue; elle ne veut
rien entendre. Et quand les femmes ne sont
pas obéissantes, on est bien obligé de les
battre.

L'immense majorité du public, aveugle
dans sa faveur, comme d'autres publics moins
jeunes, donna raison à cet époux trop à cheval sur ses droits. Mais une grande fillette de
dix ans se leva pour mieux se faire entendre :

— Non, dit-elle gravement. Il ne faut jamais battre les femmes, et vous êtes un méchant, monsieur Polichinelle !

— Oh ! mademoiselle Marthe ! implora le
meurtrier. Comme vous êtes sévère pour
moi ! D'ailleurs, qui sait?... Ma pauvre Colombine en reviendra peut-être. Elle avait la
tête si dure !

Paul avait été frappé de la tournure et de
la voix de l'enfant. Au nom de Marthe, qu'on
lui donnait, il la regarda mieux : c'était la
petite de Chalonne.

Il songea tout d'abord à rentrer chez lui

sans donner signe de vie, à fermer sa malle
qui n'était pas grosse et à partir, aussitôt le
matin venu. Aussi bien, sa toile du lac de
Gaube était presque achevée et, chaque matin, des centaines de visages nouveaux s'abat-
taient sur la ville. Pour un homme cherchant
la solitude et le repos, Cauterets n'était plus
un lieu tenable.

Cependant, il y avait quinze jours que
Chérancy n'avait échangé une parole avec un
être humain digne de ce nom. Depuis son
départ de Paris, il n'avait plus de nouvelles
de Nadia. Fallait-ii s'éloigner sans causer une
heure avec la comtesse de Chalonne, qui, certainement, lui en donnerait? Il soupira, en
songeant au temps, déjà bien éloigné, où
madame Fresnel se montrait si tyrannique-
ment jalouse de sa cousine et des autres
femmes.

— Désormais, pensa-t-il, je n'aurai plus à
souffrir de sa jalousie.

Et il comprit comment on regrette, à certains moments, ce qui, au temps du bonheur, paraissait insupportable.

Cependant Guignol congédiait ses spectateurs, qui vidaient l'enceinte en passant sous les cordes, sans beaucoup se baisser. Voilà une salle de spectacle où l'incendie n'étouffera jamais personne. La jeune Marthe, vu son âge imposant, sortit gravement par l'ouverture laissée libre ; une bonne respectable l'accompagnait. Tout à coup, elle aperçut son peintre ordinaire, resté son grand ami depuis qu'elle avait eu l'honneur de poser devant lui quelques années plus tôt. Elle le regarda, le reconnut malgré son accoutrement de touriste, et, en personne bien élevée, courut d'abord lui sauter au cou.

— Vous êtes ici ? Quel bonheur ! s'écriait-elle. Et comme petite mère va être contente !

Déjà elle tenait Chérancy par la main et l'entraînait, sans s'inquiéter de sa suivante, dans la direction opposée à la ville. On dépassa le Casino, puis on prit à droite une allée

déserte. Là, sur un banc .protégé par une
ombre épaisse, une femme lisait attentivement. A cause de la fraîcheur déjà tombante,
sa tête et ses épaules se drapaient dans un
nuage de laine rouge qui accentuait singulièrement sa fière beauté.

— Maman ! cria Marthe en posant ses deux
petites mains sur les yeux noirs de la lec-
trice, devinez qui je vous amène?

A l'aspect de Paul, une lueur de plaisir
éclaira le visage mat de la comtesse. Elle
tendit la main au nouveau venu d'un geste
plein de franchise :

— Comment ! vous êtes ici? Par quel hasard?...

Elle s'interrompit et devint rouge, sentant
qu'elle ne pouvait achever sa phrase. M. de
Chérancy avait-il laissé Nadia à Paris ?
Était-elle partie de son côté? Pourquoi se
quittaient-ils? Ou bien, au contraire, avaient-
ils osé se donner rendez-vous dans les Pyrénées?

— Par quel hasard, reprit-elle pour achever sa question, n'ai-je pas vu votre nom sur
la liste des baigneurs?

— C'est qu'en effet, Madame, je ne suis pas
un baigneur, mais un pauvre peintre en
tournée. Je suis arrivé avant la première liste
et je m'apprête à fuir la cohue élégante. Demain, à cette heure-ci, je serai loin, et, sans
mademoiselle Marthe...

— Monsieur de Chérancy était à Guignol,
expliqua l'enfant, du même air d'importance
qu'elle eût dit : « Nous nous sommes rencontrés à la sortie des Italiens. »

— En effet, j'étais à Guignol, où la repré-
sentation était superbe. Je puis même vous
annoncer que votre fille ne marche pas sur
les traces de madame Sganarelle.... D'après
ce que j'ai vu, nous n'aimerons point à être
battue.

Il raconta l'incident et le plaisir qu'il y avait
pris.

— Mon Dieu! fit Claire. Que vous êtes heureux d'être si jeune et de pouvoir vous amuser de si peu !

— Cependant, répondit-il, je ne me suis jamais senti moins de jeunesse et moins d'envie de m'amuser.

Sa physionomie, devenue subitement très morne, confirmait cette affirmation. S'apercevant que la comtesse le regardait, un peu étonnée, il secoua sa tristesse et fit enfin la question qu'il brûlait de faire.

— Savez-vous quelque chose de Paris, Madame ? demanda-t-il de l'air le plus dégagé qu'il put. Voici quinze jours que je n'ai lu ni un journal ni une lettre.

— Je ne peux pas en dire autant, répondit Claire fort intriguée. J'ai lu force journaux et pas mal de lettres ; mais, parmi ces dernières, aucune n'était datée de Paris.

A tous les deux, le même nom venait sur les lèvres, mais ils ne l'auraient pas prononcé en ce moment pour tout l'or du monde.

— Est-ce qu'ils sont brouillés ? pensait la

11.

comtesse. Ils en ont terriblement l'air. Pauvre
Nadia ! Elle n'ose pas me le dire.

— Dieu sait ce qu'elle est devenue ! songeait Paul fort troublé. Voilà qu'elle n'écrit
même plus à sa meilleure amie.

L'heure du dîner approchant, madame de
Chalonne se leva, et tous trois regagnèrent la
ville en traversant l'esplanade des Œufs.

— Je suis comme vous, disait la comtesse,
je fuis le monde et, sans cette enfant, vous ne
m'auriez pas trouvée à Cauterets. Mais la
vilaine fille tousse ; il faut une saison. Vingt-
cinq jours de solitude au milieu de la foule !
Quel ennui !

— N'y a-t-il donc ici personne qui puisse
être admis dans votre intérieur de recluse ?

— Personne, excepté Lucien Sireuil, notre
ami commun, je crois ?

— Certes. Ah ! Sireuil est ici ? Où demeure-
t-il ?

— Hôtel de Navarre.

— Que diriez-vous si je l'allais prendre
après dîner et si je le priais de me conduire
chez vous ?

—.Oh ! oui, maman, s'écria la jeune Marthe
en sautant de joie.

Comme la comtesse hésitait, malgré l'apos-
tille mise à la demande : .

— Ne dites pas non, insista Paul. Demain,
je serai loin. Vous n'avez point à craindre
d'établir un précédent dangereux.

— Venez donc, répondit Claire.

. Et Chérancy la quitta.

. Vers huit heures et demie, les deux
hommes sonnaient à la porte du petit cottage
que madame de Chalonne habitait seule avec
sa fille et deux femmes de service. Ils avaient
déjà causé le long du chemin, mais Paul avait
pu se convaincre que l'avocat, parti de Paris
bien avant lui, ne savait rien de particulier
sur madame Fresnel.

La comtesse, très belle dans son élégante
robe de laine blanche, reçut les deux Pari-

siens comme des intimes. D'abord la présence
de Marthe retint la conversation dans un
cercle à la portée d'une enfant de cet âge.
Claire n'était point de ces mères qui consi-
dèrent une fille comme un meuble encom-
brant et la relèguent à l'écart avec un livre
d'images. Elle s'en occupait, et savait bon gré
aux autres de s'en occuper avec elle, non pour
la gâter, mais pour l'instruire. La fillette
partie, on causa plus à l'aise et Sireuil donna
carrière à sa verve. Il faut dire qu'il était seul
à être en verve sur trois. Les deux autres personnages l'écoutaient d'un air plus que tranquille. Bientôt, lui-même sentit s'éteindre son
animation.

— Je gage, dit-il après un silence, que nous
pensons tous trois à la même personne, une
personne chez qui nous nous trouvions la dernière fois que nous fûmes ensemble : votre
cousine, chère Madame.

— En effet, reprit la comtesse. Je pensais à
Nadia. Que n'est-elle ici ? Demain il faudra

que je lui écrive, car j'ignore ce qu'elle devient. Elle doit mourir d'ennui à Paris.

— Pour la distraire, dit Sireuil, contez-lui l'infidélité que vient de lui faire un de ses admirateurs : le beau Roqueservière.

A ces mots, madame de Chalonne regarda Paul instinctivement et s'aperçut qu'il devenait atrocement pâle.

Comme personne ne disait rien :

— Bon, fit Sireuil, je plaisante et je ne me permettrais pas cette plaisanterie si nous ne savions tous trois quelle femme est madame Fresnel. Mais écoutez mon histoire et dites si elle n'est pas drôle. Vous connaissez l'un des des deux héros : Roqueservière.

— Et l'autre? demanda la comtesse.

— L'autre est une héroïne; je ne la nommerai pas, s'il vous plaît. J'ai des égards pour les dames, surtout pour celles qui seront un jour vraisemblablement mes clientes. Il faut savoir qu'en quittant Paris je suis allé d'abord, en compagnie d'un ami, à Saint-Jean-de-Luz.

L'endroit est charmant, mais fort petit, et la place y est rare. Les hôtels étaient pleins, si bien que, dans le meilleur, on nous offre deux mansardes. Nous les prenons, car il fallait bien coucher quelque part; le lendemain matin, comme de juste, nous parlons de déguerpir. Supplications de l'hôte; promesse, pour le jour suivant, de deux chambres excellentes; bref, nous restons et, en attendant le déjeuner, nous allons faire un tour sur la plage. Ici, apparition de l'héroïne, que mon ami me nomme tout bas. Jolie femme, pimpante, souriante, élégante et du meilleur monde.

— Je la connais ? demanda la comtesse.

— De nom, assurément, si vous êtes abonnée au *Sport*. On me présente, nous causons. La dame nous raconte que son mari n'a pu quitter Paris en même temps qu'elle. D'abord, elle avait songé à Biarritz; mais elle n'a pas voulu se montrer seule dans un endroit si brillant, tandis qu'à Saint-Jean-de-Luz...

Enfin, un télégramme vient d'annoncer le départ de monsieur pour ce soir même. Demain matin, madame le rejoint à Bayonne. Au même instant, qui est-ce qui tombe dans mes bras, radieux et épanoui?...

— Roqueservière.

— Vous l'avez dit, Madame. Ce farceur-là semblait si peu connaître la voyageuse, que j'ai l'obligeance de la lui nommer. Ce qu'ils ont dû se moquer de moi, ensuite !... Roqueservière nous apprend qu'il part le lendemain, lui aussi; mais pour Paris.

— Quel jour était-ce? demanda Paul, qui n'avait pas dit un mot depuis le commencement de l'histoire.

— Quel jour?... Attendez... C'était... Il y a eu trois semaines avant hier. Mais je n'ai pas fini. La journée se passe, la soirée aussi, sans qu'aucun des deux personnages reparaisse. Le lendemain, vers midi, madame part directement pour Bayonne, en landau. Une heure après, monsieur le marquis se rend à la gare

modestement par l'omnibus. La portière à
peine fermée :

— Maintenant, Messieurs, nous dit l'hôte,
vous allez être bien logés.

Nous nous précipitons pour voir nos
chambres : excellentes, en effet, et commu-
niquant ensemble. Celle de la vicomtesse...

— Ah ! Ah ! Nous savons déjà son titre,
constata Claire.

— Bah ! il y a plus d'un Martin 'à la foire,
et vous ne savez rien du tout. La chambre de
la vicomtesse, vous disais-je, embaumait tous
les parfums d'Arabie. Je refuse de la prendre,
crainte de migraine. O surprise ! dans celle de
Roqueservière, parfum aussi violent et tout à
fait identique, si bien que mon ami et moi
avons éclaté de rire en y mettant le pied.

— Vilains hommes ! comme si l'odeur
n'avait pas pu passer sous la porte !

— Je crois, Madame, qu'elle ne s'était pas
donné tant de peine et qu'elle avait bel et bien
passé *par* la porte, avec autre chose, proba-

blement. Les maladroits avaient oublié de
remettre le verrou, chacun de son côté. Et
maintenant, fiez-vous aux apparences! Si je
n'avais connu votre cousine comme je la connais, j'aurais juré que ce profond scélérat de
marquis lui faisait un doigt de cour, et qu'elle
n'en était pas trop fâchée.

Paul n'aurait pu dire comment il rentra
chez lui ce soir-là, ni de quelle façon il avait
pris congé de madame de Chalonne.

Le chagrin, le dégoût, la colère, se dispu-
taient son âme. Ainsi la femme qu'il aimait,
qu'il croyait douée d'un bon sens à part, cette
Nadia si raisonnable s'était laissé prendre à
l'insultant stratagème d'un roué! Cette fuite,
désespérée en apparence, qui avait amené sa
chute, n'était qu'une équipée galante en l'honneur d'une autre! C'était en se jouant d'elle
que Roqueservière l'avait fascinée.

— O femmes! gronda-t-il dans sa colère de
nouveau réveillée. Êtres ingrats, insensés,
fragiles! Anges de notre bonheur dont un

souffle qui passe fait le démon de notre vie !
Nadia ! Nadia ! Es-tu donc plus heureuse maintenant ?

. Dans sa rancune amère, il se mit à sa table
pour écrire à l'infidèle et l'accabler de sa
honte en lui apprenant de quelle ruse vulgaire elle avait été la victime. Un sentiment
plus noble l'emporta bientôt chez lui.

— Non ! s'écria-t-il en jetant sa plume loin
de lui. Plus jamais elle n'entendra ma voix ni
ne verra mon écriture. Qu'un autre la punisse,
le jour de son châtiment venu ! Je l'ai aimée :
Je n'ai pas le droit de porter la main sur elle.

XII

« Cauterets, le 18 juillet 188...

» Ma chère Nadia, tu es cause que ta pauvre Claire a passé la nuit sans fermer l'œil; mais ce ne serait rien si j'étais sûre que tu as dormi mieux que moi. Depuis hier, je me demande si je peux, si je dois t'adresser cette lettre. Maintenant, décidée à t'écrire, je me demande comment t'écrire... Que la tendre amitié de sœur que j'ai toujours eue pour toi me conseille !

» Il s'accomplit dans ta vie, je le devine, j'en suis certaine, quelque chose de dange-

reux, de fatal. Aussi, je te délie aujourd'hui
d'une promesse que je t'avais imposée et que
tu m'as faite. Quand la maison brûle, on ne regarde pas à enfoncer les portes pour sauver
ceux qu'on aime. Donc, je vais te parler de
lui.

» Je l'ai rencontré hier ici, par hasard. Je
l'ai trouvé triste, changé, maigri, mourant
d'envie de me faire des questions, mais
n'osant pas, puisqu'il croit que je ne sais rien.
Quant à moi, tout ce que j'ai pu comprendre,
c'est qu'il est, depuis son départ de Paris, sans
nouvelles de toi. Qu'y a-t-il donc entre vous?
Une rupture? Ma chère, je vais être franche
et t'avouer que je la bénirais, cette rupture,
si tu devais désormais vivre en écartant de
toi l'ombre la plus légère d'un reproche.
Dieu m'est témoin que je te parle ainsi sans
la moindre intention de te juger ou d'établir
entre nous quelque comparaison orgueilleuse.
Pauvre amie! J'ai une fille pour me garder,
moi !

» Mais, si cette rupture est, de ta part, un changement; non pas une fin, sache que tu me désespères, que tu m'indignes, que tu m'éloignes. *Un*, c'est trop ! *Deux*, cela ressemble à dix !... Pardonne-moi ! Je t'écris comme si j'avais des cheveux blancs. Ah ! Dieu ! dès aujourd'hui, je voudrais que la neige plût sur ma tête si je devais, à ce prix, voir heureux tous ceux que j'aime. Prouve-moi que j'ai bien fait de t'écrire en me répondant au plus vite, maintenant que je t'ai parlé à cœur ouvert. Jusqu'à l'arrivée de ta lettre, je serai bien malheureuse.

» Ta fidèle CLAIRON. »

« Port-Blanc (Côtes-du-Nord) le 21 juillet, minuit.

» Ah ! oui, tu as bien fait. Maintenant il me semble que je suis sauvée. Mais il était temps !

» Tu l'as deviné; il se passe quelque chose de fatal. Depuis quinze jours, je lutte, seule,

contre un adversaire terrible. Surtout, je lutte
contre une parole que je lui ai dite... Mon
Dieu ! Comment vais-je faire pour que tu me
comprennes !

» Comment comprendras-tu, toi, qu'on dise
à un homme : « Je vous aime ! » — quand ce
n'est pas vrai ? Eh bien ! Cet acte invraisemblable, je l'ai commis. Ces paroles je les ai fait
entendre à un être dont l'étonnant pouvoir
m'obsède, et veux-tu savoir quels sentiments
il m'inspire, celui-là ? Si j'apprenais demain
qu'un malfaiteur l'a égorgé cette nuit, pendant qu'il dormait, je me jetterais à genoux,
pour remercier Dieu. Voilà comment je
l'aime.

» Je n'aime et je n'aimerai jamais qu'un
homme au monde. Tu le connais depuis longtemps, où plutôt tu ne le connais pas, car je
ne le connaissais pas moi-même avant ma folie.
Je ne sais où il a pris son cœur, ses sentiments,
les mots qu'il trouve pour rendre le courage.
Paul est un ange, un Dieu ! J'espère bien

mourir pour lui quelque jour. Ah! comme tu
serais miséricordieuse et bonne de lui dire
cela !... Pardonne-moi; je sais bien que c'est
impossible.

» Tu ne connais pas l'*autre*, non plus, bien
que tu l'aies vu chez moi. Ni ange, ni Dieu, le
marquis de R...; je t'en réponds. Pourquoi s'a-
charne-t-il après moi? Je l'ignore. Il prétend
m'aimer... Je crois qu'il m'aime, en effet, à
sa façon. J'ai même cru, dans un temps,
l'avoir converti!... Nous sommes toutes les
mêmes !

» Quand il m'a fallu, sur de trop bonnes
preuves, revenir de mon erreur, je l'ai re-
poussé. Il a disparu, moitié furieux, moitié
désespéré, pendant quinze jours. Si j'avais eu
un mari, je me serais jetée dans ses bras en lui
disant de me défendre. En certains cas, hélas !
l'être le plus adoré ne remplace pas un mari.

» Le 9 juillet, mon bourreau a reparu subitement, ne pouvant pas rester loin de moi
plus longtemps, disait-il. Je ne l'attendais pas.

Son entrée m'a surprise. Ah! quelle entrée!
Figure-toi une de ces trombes de vent qui
ouvrent une fenêtre, s'engouffrent dans la
chambre, dispersent les objets, font voler les
draperies, éteignent les lampes. On ne sait pas
où l'on en est. Voilà ce qui m'est arrivé. J'ai
perdu la tête... et j'ai dit les paroles fatales,
espérant sottement qu'on me laisserait ensuite.
Est-ce que je les connaissais, moi, ces habiles
gens qui ont, pour réduire une femme, la
même méthode infaillible que pour venir à
bout d'un cheval rétif?

» Toutefois ne va pas supposer que je lui ai
donné quelque chose de plus. Pas un cheveu
de ma tête. Eh! mon Dieu! si j'avais cédé, il
ne serait plus question de lutte.

» Deux heures après, Paul entendait ma
confession. M'a-t-il crue? m'a-t-il comprise?
Cet être surhumain prétend que oui.

» — Partons ensemble, me dit-il, et oublions tous les deux.

— Hélas! Pourquoi n'avons-nous pas pu

nous enfuir sur l'heure ? Mais il devait, avant tout, faire une courte absence pour une affaire indispensable.

» Il m'a quittée pour deux jours, me disant d'être prête à monter en wagon le surlende- main. Nous ne pensions guère, ni lui ni moi, que j'y monterais avec un autre.

» Le jour suivant, quand R... est revenu, je l'ai laissé parler d'abord. Ma pauvre Claire, quelle leçon pour les femmes ! Cet amour pur, éthéré, dont il m'avait parlé cent fois, venait subitement de changer de forme. Au fond, j'aimais mieux cela. J'ai eu plus de force pour lui dire que mes paroles de la veille étaient une hallucination, que je ne l'aimais pas, qu'il me méconnaissait, qu'il n'avait qu'une chose à faire : partir; et, cette fois, pour ne revenir jamais.

» Je craignais une scène de désespoir, car je ne puis supporter la vue de la souffrance. Il n'y a pas eu de désespoir, mais une colère...! Oh ! mon Dieu ! N'a-t-on donc vrai-

12

ment pas le droit de s'arrêter à moitié chemin
sur une mauvaise route ? Est-on pour cela,
comme il me l'a crié, une créature indigne,
méprisable, perverse ?

» Mais tout cela n'était rien. Si tu avais entendu ses menaces, non pas contre moi, mais
contre l'homme que j'aime ! Car il a deviné que
je dois aimer quelqu'un. Pourrais-je autrement
repousser celui que tout le monde sait irrésis
tible?

» Penez garde, m'a-t-il dit ; vous serez épiée
» jour et nuit et, si je découvre quelqu'un, je
» le tuerai, sur mon nom ! » Je n'ai rien répondu, mais j'ai dû devenir blème d'épouvante,
et ce trouble n'était pas fait pour endormir
ses soupçons. La vie de Paul mise en danger
à cause de moi, par moi !...

» A peine seule, j'ai organisé ma fuite,
comprenant que tout serait perdu si je restais
à Paris entre ces deux hommes. Je connaissais Port-Blanc, un village perdu de la côte
bretonne, pour y avoir passé une ou deux se-

maines. J'ai choisi ce refuge ; mais, en écrivant
à Paul pour lui annoncer mon départ préci-
pité, j'ai feint d'ignorer le but de mon voyage,
craignant que, malgré ma défense, il ne se tra-
hît en venant me rejoindre trop tôt. Deux heures
plus tard, je roulais sur la ligne de Rennes.

» Le matin me trouve dans une petite gare
où je devais quitter le chemin de fer pour
une diligence misérable. Je venais d'y monter,
quand Juliette pousse un cri ; je me retourne :
le marquis était à la portière, le chapeau à la
main, me saluant comme une amie rencontrée par hasard en voyage.

» Quand nous fûmes seuls dans le coupé :

» — Je croyais, me dit-il, vous avoir prévenue qu'on ne se moque pas de Roqueservière.
Ainsi vous allez au bord de l'Océan ? Moi aussi.
J'ai deviné hier dans vos yeux que vous aviez
des projets de voyage. Pardonnez-moi de
vous avoir suivie. J'irais au bout du monde
après vous.

» Que te dirai-je de plus ? Il est ici, campé

dans une sorte de chaumière à quelques centaines de pas de la maisonnette qu'il a louée
pour moi, car, en mettant pied à terre à Port-
Blanc, j'étais si découragée que j'étais hors
d'état de m'occuper de quelque chose.

» Il vient me voir tous les jours. J'ai voulu
fermer ma porte; il a dit qu'il l'enfoncera
d'un coup de poing, que c'est son droit puisque je l'aime. Je lui ai juré que je le hais,
mais il a haussé les épaules. Cet homme est
magnifique de confiance en lui-même. —
A quoi bon lutter contre votre cœur? a-t-il
fait d'un air superbe. — Je vous assure, lui
ai-je dit, que je vais tomber malade. — Tant
mieux! a-t-il répondu, j'aurai le plaisir de
vous soigner.

» Je n'ose pas entrer en guerre ouverte avec
lui, ni essayer de fuir encore, et cependant
chaque fois qu'il frappe à ma porte, mon cœur
remonte dans ma gorge. Tantôt il est froid
comme un geôlier : tantôt il s'emporte et menace; quelquefois il pleure. D'autres jours il

est cynique, avoue qu'il me quittera dès qu'il m'aura possédée. Le lendemain, il baise ma robe à genoux, déteste ses blasphèmes de la veille, dit que je lui fais perdre la raison, que je venge toutes les femmes qui ont souffert par lui. Alors il maudit le jour où il m'a rencontrée et gémit d'aimer pour la première fois, à la veille de devenir un vieillard.

» Mais cette torture n'est rien à côté de celle que me fait éprouver le silence de Paul. Pas une seule fois il ne m'a écrit. Ses lettres me parviendraient comme la tienne m'est parvenue. Juliette, une fille précieuse et dévouée a trouvé le moyen de faire arriver ici mon courrier d'une façon sûre. Quant à moi, je n'ose écrire à Paul. Il apparaîtrait le lendemain et tu devines la scène... Ou bien qui sait? Qui peut me dire s'il m'aime encore, s'il n'est pas révolté, détaché de moi par mon silence? Tous les jours, j'espère que mon bourreau va se fatiguer, partir, et que je pourrai rejoindre l'homme que j'aime. Oh Claire ! je n'osais

12.

pas te confier mon humiliation. Mais, maintenant que tu la connais, tu vas me sauver,
n'est-ce pas? Je t'implore, je te bénis, je t'embrasse.

» NADIA. »

Ayant achevé de lire la confession de sa
cousine, Claire de Chalonne, saisie d'un
étrange soupçon, réfléchit attentivement et
compara quelques dates. Puis elle mit son
chapeau et sortit sans perdre une minute.
Cinq heures sonnaient. Elle prit le chemin
du Casino, sachant qu'à ce moment de la
journée Lucien Sireuil faisait son écarté.
Mandé pressamment par deux lignes au
crayon, l'avocat descendit aussitôt et vint
retrouver la comtesse, qui l'attendait avec
impatience.

— Vous avez besoin de moi? dit-il.

— Oui, grand besoin, si vous êtes mon
ami.

— Un véritable ami, chère Madame, très dévoué, très sincère et très discret.

—Oh! discret... Il s'agit précisément de ne pas l'être. Savez-vous ce que je viens vous demander? Le nom de la personne avec qui monsieur de Roqueservière était à Saint-Jean-de-Luz.

— Diantre! Comme vous y allez! Voyons, si c'était vous, seriez-vous bien aise que je parle?... Et voilà pourquoi vous me faites venir, au moment où j'allais annoncer quatre-vingt-dix!

— Dites-moi ce nom, et retournez à votre partie.

— Vous n'y pensez pas!

— Au contraire; j'y pense beaucoup. Par grâce, dites-moi ce nom, je vous en conjure. Il me le faut, tout de suite.

— Impossible, Madame. Le vieux Sireuil ne fait pas de ces coups-là. Je plaide les procès scandaleux, mais je ne leur aide pas à éclore. Et puis, avant le procès, il y aurait un duel...

Ah! non. Pas de ça, Lisette. Au revoir, je me sauve. Il faut fuir les tentations, surtout quand les tentatrices vous ressemblent.

— Écoutez, monsieur Sireuil. Si vous persistez à vous taire, je vous jure que, demain, avant midi, je serai à Saint-Jean-de-Luz. Et, quand je devrais m'adresser à la police, il faudra bien que je sache ce que je veux savoir.

Lucien Sireuil réfléchit un instant, puis il dit à madame de Chalonne :

— Ah! ah! Je crois que j'ai compris, et je m'explique maintenant certaines particularités qui m'intriguaient hier soir. Il s'agit de... d'éclairer votre cousine sur la sincérité du marquis.

— Hélas! oui, et vous sentez bien que votre indiscrétion restera entre nous trois. Une fois déjà vous avez défendu Nadia. Il s'agit de la sauver aujourd'hui. A présent, vous ne refuserez plus de parler.

— Ah! satané Roqueservière! Enfin, Madame, soyez prudente. Je vous livre l'honneur, la vie peut-être de la vicomtesse de Saint-Rieul.

— Soyez tranquille, répondit Claire. Son secret ne court aucun risque entre mes mains. Si, quelque jour, il devait arriver malheur à cette femme, je vous jure que ce ne serait point à cause de votre révélation.

Ils se quittèrent à ces mots. La comtesse rentrait chez elle pour écrire; mais, en route elle songea que sa lettre mettrait trente-six heures pour arriver. Alors, elle se rendit au télégraphe et, après avoir déchiré plusieurs brouillons, les uns compromettants par leur clarté, les autres peu intelligibles, elle expédia cette dépêche à Port-Blanc, relié par son sémaphore au reste du réseau télégraphique :

« On t'abuse indignement. Le voyage du mois dernier a été accompli en vue de madame de Saint-Rieul. Refuse de le prendre à ton compte et tranche énergiquement la situation. Leur rencontre a eu lieu à Saint-Jean-de-Luz. Nous pouvons produire des témoins.

» CLAIRE. »

« Port-Blanc, le 25 juillet.

» C'est fini. Grâce à toi, j'en suis délivrée. Je venais de lire ta dépêche dont j'ai compris sans peine le sens, quand il est arrivé chez moi plus tyrannique, plus sombre que jamais.

» Je l'ai accueilli en lui faisant part, très froidement, de ce que je venais d'apprendre, sans lui dire mon auteur, bien entendu, ni le nom de la dame. Ma chère, cet homme si beau, — car il l'est, à coup sûr, — est devenu subitement laid, très laid, comme le mensonge. Il n'avait plus envie, alors, de plonger ses yeux dans les miens, en fascinateur. D'abord, il a nié, non pas son voyage à Saint-Jean-de-Luz, mais la rencontre. Il a prétendu qu'il a passé quinze jours dans ce trou, malheureux, sans voir personne. Là-dessus, je lui ai servi le nom. Alors il s'est fâché, a prononcé le mot d'espionnage et a même parlé fort durement du pauvre Sireuil qu'il accuse d'avoir fait le coup. — Mais allez-vous en donc! lui ai-je dit. Vous devriez déjà être parti !

» La minute d'après, il avait passé ma porte.

» Mon Dieu ! comme c'était facile ! Dire qu'à certains moments je perdais tout espoir de me débarrasser jamais de ce tyran de ma vie ! Je croyais être rivée à lui par un de ces pactes terribles qui, jadis, liaient une âme au démon. Ah ! je peux le dire maintenant. Cet homme me tenait par une épouvante véritable.

» Délivrée ! Telle a été ma première pensée ce matin à mon réveil, car j'ai dormi. Il me semble que je vais dormir une semaine sans m'arrêter. Ou, peut-être, tomberai-je malade. Mais qu'importe à présent ? Je ne crains plus que ce démon vienne me soigner, comme il m'en menaçait !

» Chère amie, tu m'as sauvée. Sans toi j'aurais peut-être fini par tomber vaincue, non par l'amour, mais par la fatigue. Tu sais bien qu'on soumet les lions eux-mêmes en les empêchant de dormir, et ta pauvre Nadia n'est pas un lion, surtout en ce moment!

» Pour te dire toute la vérité, je ne sais plus ce que je suis. La seule impression que je découvre en moi est celle du vide. Mes pensées résonnent dans mon cerveau avec des échos sonores qui me font mal. Tu sais quel effet bizarre produit la voix quand on parle dans un appartement démeublé. Aujourd'hui, je pense entre quatre murailles nues. Il n'y a plus rien; tout est dévasté; tout est parti; tout est à refaire. La chose en vaut-elle la peine?

» Nous verrons, quand mon esprit et mon corps seront reposés. À l'heure actuelle, tout effort m'est impossible, tout être humain m'effraye, mais le sexe masculin, sans exception, me fait horreur. Tu crois peut-être que je vou-

drais revoir Paul ? Non, pas en ce moment.
Il me faudrait donner des explications, répondre à des questions, témoigner de la joie,
sourire. Je ne m'en sens pas la force. Tâche
de lui faire comprendre l'état misérable où je
suis. Mais, surtout, qu'il ne vienne pas, pas encore. Moi, je reste ici jusqu'à ce qu'un ressort
quelconque se retrouve en moi pour me faire
agir. Adieu ! je tombe d'épuisement ; mais je
ne suis pas malheureuse puisque j'ai le repos.

» NADIA. »

« Port-Blanc, le 8 août »

« J'ai reçu ta lettre du 30 juillet. Je vais
mieux, malheureusement, car maintenant je
pense, et je t'assure que, dans certains moment de la vie, le plus grand bonheur est de
ne pas penser.

» Tu dis qu'il ne t'est pas possible de parler
à Paul comme je te l'avais demandé. Tu as

13

raison; comment pourrais-je avoir une idée
semblable? Ah! oui, j'étais folle. Tu es trop
jeune; tu as trop l'air de ces belles saintes,
glorieuses de leur vertu, chastement sévères,
qui n'ont jamais connu qu'un amour : celui
du ciel.

» Écris toi-même, me dis-tu. — Pauvre
amie! Qu'est-ce que j'écrirais à cet homme qui
souffre et qui doute depuis si longtemps? Qu'il
peut revenir ? que je l'attends ? que je suis
délivrée ? Glorieuse liberté ! Sans toi, sans
l'avis que tu m'as donné, quand l'aurais-je
conquise ?

» Et s'il ne veut pas me revenir, s'il ne
veut pas croire que rien ne me sépare de lui?
Ou s'il me revient pour s'apercevoir que l'oubli est impossible, que l'amour est mort ?...

» Si seulement il te parlait de moi ! s'il
avait l'air de me regretter ! Mais tu m'écris
que mon nom ne sort jamais de sa bouche et
qu'il parle de partir...mais pour aller plus loin
de moi. Laissons-le donc partir ; laissons aller

les choses. A quoi bon lutter contre la chance fatale qui me poursuit ? Je sens bien que ma vie est perdue, perdue pour une minute, pour le hasard d'une rencontre, pour le caprice orgueilleux d'un méchant homme !

» Je n'oublierai pas ta fête, le 13 août. Ce jour-là, embrasse une fois de plus, à mon intention, ta chère Marthe, et pense aux baisers que tu me donnais quand j'étais, comme elle, une enfant heureuse, innocente et protégée par la meilleure des mères.

» NADIA. »

XIII

Il y avait deux semaines que Paul avait annoncé son départ pour le lendemain ; il n'était pas parti et ne parlait plus de partir.

Ce n'était pas qu'il se trouvât heureux à Cauterets, mais il savait qu'ailleurs il serait plus malheureux encore. Il avait rencontré, dans cette crise de sa vie, un repos provisoire. Sans penser au lendemain, à l'avenir, il jouissait de ce calme relatif. D'ailleurs, le travail, durant une bonne partie de la journée, l'empêchait de penser. Le soir, par une habitude admise et qui lui semblait toute naturelle, il se retrouvait chez madame de Chalonne.

A cette heure, le vieil avocat savait à quoi s'en tenir sur l'histoire de madame Fresnel, de Chérancy et de Roqueservière. On lui en avait appris la moitié ; il avait deviné le reste, d'autant plus aisément qu'il commençait depuis longtemps à soupçonner la vérité. Aussi, refusant tous les autres plaisirs de la brillante ville d'eaux, il venait chaque soir chez la comtesse, n'ignorant pas que, sans la présence d'un chaperon comme lui, Paul n'eût pas trouvé la porte de la jeune femme régulièrement ouverte. Peut-être à une sympathique pitié pour un homme de cœur portant fièrement sa souffrance, il se joignait, chez Sireuil, cet âpre dilettantisme de la comédie humaine qui le conduisait à Paris dans les sociétés les plus diverses.

Quant à madame de Chalonne, elle croyait surtout obéir à un sentiment de justice, à un désir de réparation du mal causé par une de ses proches. Mais elle sentait au fond, pour

Chérancy, une admiration qui touchait à l'enthousiasme. Elle le regardait curieusement
souffrir, s'étonnant qu'il eût la force de ne
jamais se plaindre, de n'accuser personne par
la moindre allusion amère.

Enfin, pour la première fois de sa vie, elle
pouvait mesurer la puissance de l'amour à ses
effets terribles. L'amour — comme la guerre,
hélas ! — ne se comprend ni par le récit de
ses historiens, ni par les strophes des poètes.
Il faut avoir vu les ruines, les larmes, les
angoisses qu'il cause. Sur le front de Paul et
dans les lettres de Nadia, Claire les contemplait
aisément.

— Grand Dieu ! songeait-elle, ces deux êtres
sont vivants, rien ne les empêche d'être l'un
à l'autre, et ils ont le cœur déchiré par des
tortures que la mort du meilleur des hommes
ne m'a pas fait connaître !

Plus d'une fois, bien qu'elle eût écrit le contraire à Nadia, elle avait été sur le point de
céder à la pitié et d'entreprendre le rappro-

chement de ces deux existences malheureuses. Mais, sans parler des scrupules de sa conscience sévère et de l'exquise pudeur de ses sentiments, elle croyait agir dans l'intérêt des deux parties en ne précipitant rien. Elle voulait que Paul se retrouvât en face d'une femme aimante, heureuse de le revoir, forte de son épreuve loyalement subie, et non pas en face d'un être affaissé, tremblant et malade.

En attendant, ces soirées de famille, remplies par une conversation sérieuse, rendaient à Paul l'un des biens qu'il avait perdus et dont il sentait le plus la perte : l'intimité. Il supportait mieux, par l'attente de cette heure calmante, les tristesses de la journée, les rêves poignants de ses nuits sans sommeil. Il s'étonnait lui-même de l'engourdissement versé par une douce main de femme à la blessure qu'une autre femme avait faite, et chaque jour, un peu moins malheureux, un peu plus reconnaissant, il venait chercher le baume salutaire. Qu'adviendrait-il de lui lorsque bientôt il trouverait

la porte close? Il tâchait de n'y pas penser.
Jamais on ne prononçait le mot de départ.

Un soir, chez la comtesse, il remarqua l'excitation extraordinaire de la jeune Marthe,
devenue de plus en plus son amie. L'enfant
riait en le regardant, courait de sa mère à
Lucien Sireuil, leur parlait à voix basse. Quant
elle suivit sa bonne pour s'aller mettre au lit,
elle embrassa Paul les yeux brillants de joie.

— A demain! lui dit-elle d'un ton gros de
promesses.

Le lendemain, un peu avant midi, le peintre
travaillait comme à l'ordinaire, c'est-à-dire
avec rage. Depuis longtemps il avait abandonné le lac de Gaube, infesté de pseudo-tou-
ristes, et s'était réfugié, avec son parasol et sa
toile, dans le vallon de Marcadau, à une demi-
heure au delà du pont d'Espagne, limite des
excursions du vulgaire profane.

Comme il était plongé dans son étude, un
bruit sourd de chevaux sur le velours vert du
gazon lui fit lever la tête. Il fronça le sourcil,

peu charmé de l'approche de la cavalcade qui venait troubler sa solitude.

D'abord paraissait, le fouet en bandouillière, un de ces guides d'opéra-comique, spéciaux aux Pyrénées, incapables de faire une lieue à pied et de trouver leur chemin dans la montagne, en dehors du sentier suivi chaque jour par leurs bêtes de louage. Ensuite, venait un cavalier moins effrayant par l'audace que par l'inexpérience; puis, une jeune femme à la taille de reine et une amazone de dix ans qui prit le galop et piqua droit au parasol.

— Eh bien ! s'écria-t-elle. J'espère que vous êtes surpris ? Vous ne nous attendiez pas. Mais ce n'est pas tout : nous vous invitons à déjeuner. Nous apportons une masse de bonnes choses. Vous allez voir !

La comtesse de Chalonne et Sireuil arrivaient à leur tour. La première, aidée par Paul, sauta légèrement sur l'herbe. Le second s'abandonna doucement dans les bras robustes du guide.

13.

Animée par le mouvement du cheval et par l'air vif des hauteurs, Claire était merveilleusement jolie et semblait d'une jeunesse incroyable. Surtout, elle paraissait heureuse et gaie de la gaieté de sa fille dont la santé, de jour en jour, se fortifiait.

Tandis que Sireuil, aidé de la petite Marthe, s'occupait de choisir l'emplacement du repas champêtre et de débarrasser les fontes de leur contenu, Chérancy faisait à la comtesse les honneurs de son œuvre à peu près achevée. Claire était une des rares femmes capables de parler sérieusement peinture sans avoir touché, de sa vie, un pinceau. Elle avait vu beaucoup de bonnes toiles, écouté beaucoup de grands peintres et médité leurs jugements, au lieu de vouloir les étonner par les siens, prétention ordinaire aux jolies femmes, promptes à croire que tout leur est donné, de même que tout leur est permis. En quelques phrases renfermant un discret éloge, elle rendit à Paul un plaisir qu'il ne connaissait plus depuis longtemps et que Nadia ne lui avait jamais procuré : celui d'entendre parler de l'art d'une façon compétente.

— Vous venez, dit-il, le visage illuminé de plaisir, d'apporter à ces beautés grandioses la seule chose qui leur manquait : une voix.

Il aurait pu ajouter qu'on lui avait rendu l'appétit, car il fit honneur aux viandes froides.

— N'est-ce pas, que nous nous amusons ? s'écriait Marthe ravie. C'est moi qui ai eu cette idée. Mais ce n'est pas fini. Au dessert, il y aura une autre surprise.

En parlant ainsi, elle regardait du coin de l'œil un paquet mystérieux à l'égard duquel la comtesse feignait l'indifférence la plus grande. Le moment venu, le paquet laissa voir une bouteille de moët et une botte de roses que l'enfant offrit à sa mère en se jetant à son cou.

— Oh ! les belles fleurs ! disait la comtesse en jouant l'ignorance Mais pourquoi ? Est-ce que c'est ma fête ? Oui, vraiment ; la Sainte-Claire tombe demain. Tu y as donc pensé, chérie ?

Lucien Sireuil offrit une touffe de violettes, et, le verre à la main, porta un toast aussi galamment tourné que s'il l'eût débité devant cinquante personnes.

Paul, un peu dépaysé au milieu de cette joie, regardait la scène, attendant son tour de dire quelque chose. Quand les verres furent vidés, il se leva, cueillit une fleur de rhododendron sauvage encore fraîche à l'un des buissons voisins, et, s'approchant de Claire :

— Madame, c'est l'offrande d'un pauvre, mais d'un pauvre sincèrement, éternellement reconnaissant envers sa bienfaitrice.

Il était fort ému, et chacun pouvait voir briller ses yeux humides. Tandis que madame de Chalonne lui tendait la main sans répondre, elle n'était pas beaucoup moins agitée.

La petite Marthe était déjà debout et, sans pitié pour l'embonpoint sexagénaire de Sireuil, l'entraînait vers la pente voisine où une plaque de neige éblouissante l'attirait.

— Quand maman est triste, murmurait-elle

à son compagnon, elle aime qu'on la laisse.
Mais monsieur de Chérancy ne l'ennuiera pas
parce qu'il a du chagrin aussi.

Restés seuls à leur place, à l'ombre du vieux
pin, sur le gazon vert, ces deux attristés regar-
daient couler l'eau, si transparente qu'on l'eût
prise pour de l'air liquide. Paul fût demeuré
ainsi des heures. Quant à la comtesse, on
voyait qu'elle avait quelque chose à dire, quelque chose de difficile, et qu'elle cherchait son
exorde. S'efforçant de rendre sa voix très
douce, à quoi elle ne parvint que trop, peut-
être, Claire, après un silence, parla ainsi :

— Tout à l'heure, vous avez dit que je suis
charitable, et j'accepte le mot. Vous avez compris pourquoi, malgré mes goûts et mes de-
voirs de retraite, je vous ai ouvert ma porte
comme je l'ai fait. Ne revenons pas là-dessus,
ni aujourd'hui, ni jamais. Maintenant, ma
tâche est accomplie, et je me réjouis de penser que vous n'avez plus besoin de moi au moment où mon rôle de sœur de Charité allait

devenir plus difficile. En venant ici, mon vieil ami Sireuil m'annonçait qu'il part demain.

Paul tressaillit, soupira, baissa la tête.

— Et vous ne pouvez plus me recevoir, lui parti? acheva-t-il. Voilà ce que vous avez à me dire. C'est vrai. Je n'ai jamais entendu sortir de votre bouche une parole qui ne soit vraie, juste et bonne. Eh bien ! je vais partir, alors, moi aussi. J'aurai toujours gagné trois semaines sur la tristesse de ma vie.

— Cette tristesse va bientôt faire place au bonheur.

— Cela, c'est le secret de l'avenir et de ma destinée. Une chose est certaine ; mais elle était prévue : il faut que je parte. Déjà, mes plans sont faits, et les résolutions ne traînent pas, avec moi. Nous allons, si vous le permettez, regagner la ville ensemble. C'est encore deux heures à passer avec vous. Qui sait quand j'aurai la même joie, désormais?

— Et tout votre attirail de peinture? dit madame de Chalonne sans répondre.

— Je laisse tout à l'auberge du Pont-d'Espagne où sont vos chevaux, car j'y remonterai
ce soir, mes affaires réglées en ville. Demain,
au jour, je serai aux aguets sur le sentier, et
les premiers montagnards espagnols rentrant
chez eux me serviront de guides pour moi-
même, de porteurs pour mes bagages.

— Comment! s'écria Claire, vous allez en
Espagne!

— Oui, aux bains de Panticosa. Il paraît que
c'est un site admirable... Pourquoi me regar-
dez-vous de cet air singulier?

— Parce que ce n'est pas pour Panticosa
qu'il faut partir, mais pour Paris. Vous y
trouverez une personne que je chéris comme
une sœur, qui mérite tout le dévouement dont
votre cœur est capable, et qui ne peut être
heureuse sans vous.

Un ombre passa sur les traits abattus de
Paul. Il releva lentement la tête et, les yeux
fixés sur madame de Chalonne, il demanda :

— Que voulez-vous dire?

— Une seule chose : qu'il faut retourner à Paris. Monsieur de Chérancy, vous me connaissez. Pour sauver ma propre vie, je ne vous conseillerais pas de faire ce que l'honneur le plus chatouilleux... Ah ! Dieu ! comprenez moi. Il y a des choses que je ne peux pas dire, que je ne peux pas savoir, même.

— C'est vrai, dit Paul.

Puis, après un instant de silence :

— Je ne vous comprends qu'à moitié, mais je vous crois la loyauté même. Seulement je m'attendais si peu... Je pensais que j'étais oublié ; je tâchais d'oublier aussi... Quel choc me causent vos paroles ! Il faut que je me remette, que je m'examine, que je me questionne moi-même. Non, en vérité, je ne saurais retourner comme cela, si tôt... là où vous dites.

Claire, en ce moment, trouvait que Chérancy parlait fort bien. Sans doute, elle se fût réjouie pour Nadia de le voir s'élancer, oubliant tout à commencer par elle-même, comme l'exilé à qui l'on a rouvert les portes de sa pa-

trie. Mais, puisqu'il prenait la chose autrement, elle ne pouvait s'empêcher de l'approu-
ver dans cette sage défiance de ses forces. Elle
était satisfaite, sans s'en douter, de voir que le
malade soigné par elle n'oubliait pas trop
facilement sa maladie.

Elle avait du plaisir aussi, un plaisir singulier, à considérer d'un air distrait, au bout de
ses doigts blancs, la fleur que Chérancy lui
avait offerte avec des paroles si profondément
émues !

Le jour était radieux. Le soleil brûlant dé-
gageait du sol et de la ramure sombre des
pins mille odeurs d'une violence capiteuse,
tandis que la brise fraîche des hauts sommets
apportait par intervalle aux fronts une caresse
attendue. Au loin chantait la symphonie des
grandes cascades aux voix puissantes. Mais
aux pieds de cet homme et de cette femme qui
souffraient, qui raisonnaient, qui luttaient
entre eux de beaux sentiments et de belles
phrases, qui se disaient adieu pour longtemps,

pour toujours peut-être, on entendait comme
le petit rire cassé et contenu d'un vieillard
incrédule. C'était le ruisseau qui coulait, sans
se presser, à travers la prairie, choquant sour-
noisement les cailloux à peine recouverts par
son eau limpide.

Sans doute, la jeune femme entendit ce rire
moqueur. Elle tressaillit, son beau visage fut
coloré d'une teinte plus chaude, sa main fit un
léger mouvement... La petite fleur, prise par
le courant, s'enfuyait déjà vers les chutes écu-
mantes où les grands arbres eux-mêmes sont
brisés. Et cependant le ruisseau riait toujours.

Paul, regardant s'éloigner la fleurette rouge,
dit à demi-voix, comme se parlant à lui-même :

— Elle sera plus vite que nous à Cauterets !

— Oui, reprit madame de Chalonne d'une
voix grave. Elle suivra la voie qu'elle doit
suivre, heureuse ou malheureuse, qu'importe ! Monsieur de Chérancy, faites comme

elle. Suivez votre voie ; écoutez votre devoir...
Allez à Paris.

Elle parlait d'une voix nerveuse, avec une
sorte d'irritation, car si ce départ lui paraissait une chose naturelle, juste, nécessaire,
encore éprouvait-elle un déplaisir secret à se
voir obligée de signer elle-même le passeport
de Chérancy.

— Pas tout de suite, répondit-il encore une
fois. En ce moment, je ne pourrais pas.

— Pourquoi ? insista la comtesse. Rien ne
vous empêche de retourner à Paris sur l'heure ;
je dis : *rien*. Vous m'entendez ?

Paul se leva, dominé par un grand trouble.

— Rien ! s'écria-t-il. Rien en dehors de
moi, c'est possible. Mais en moi !... Savez-
vous quelles blessures font au cœur la trahison,
l'ingratitude, l'injustice, même inconscientes,
même causées par la faiblesse ?...

— Même pleurées, expiées, réparées ?...

Claire de Chalonne ne put en dire davantage : Marthe accourait, portant dans ses

mains rougies une boule de neige à demi fondue.

— Comme c'est drôle! cria-t-elle de loin à Chérancy. De la neige au mois d'août, et si froide! Voyez plutôt!

Paul, sans rien dire, prit le glaçon et le promena longtemps sur son front et ses tempes brûlantes.

Une heure après, la cavalcade augmentée d'un piéton repassait le pont d'Espagne et redescendait vers la ville. Paul, quand le sentier le permettait, marchait à côté du cheval de la comtesse. Il avait annoncé son départ, et sa tristesse frappante avait déteint sur tout le monde. La descente s'affectua presque en silence. Parvenus à la Raillère :

— Adieu, Madame, dit Paul. Nos chemins bifurquent ici. Dieu sait quand ils se rejoindront! Demain, à votre réveil, ayez une pensée pour le voyageur qui franchira la montagne.

— Ainsi vous êtes décidé. Vous remontez là-haut?

Comme il faisait, de la tête, un signe affirmatif :

— Tenez, dit-elle avec une résolution subite,
en tirant de sa poche la dernière lettre de sa
cousine, prenez ceci, et lisez-le. Peut-être vos
projets changeront-ils.

Dès que Paul fut seul, il parcourut, tout en
marchant, les lignes d'une écriture qu'il
n'avait pas vue depuis si longtemps. Son émotion fut grande ; en son cœur, des résolutions
contraires se combattirent. Mais, qnand il
parvint à son logis, quand il revit cette
chambre où il avait passé tant de nuits d'insomnie, l'homme l'emporta sur celui que la
pauvre Nadia appelait un ange. Il tomba dans
un fauteuil, et, cachant sa tête dans ses
mains :

— Je ne peux pas encore, gémit-il. Dieu
m'est témoin que je le voudrais. Mais je ne
peux pas !...

A la nuit, brisé de secousses morales et de
fatigue physique, il reparaissait à son auberge

du pont d'Espagne. Après une nuit interminable, l'aurore lui permit de quitter son lit. Une heure après, des portefaix de Panticosa se partageaient ses légers bagages et il se mettait en route avec eux. Avant midi, ses pieds foulaient la neige de la passe du Marcadau, à huit mille pieds d'altitude, et il commençait à descendre les pentes désolées du versant espagnol.

Presque à la même minute, Lucien Sireuil quittait Cauterets. Le soir, à dix heures, comme Claire de Chalonne achevait dans la solitude une veillée qui lui avait paru lugubrement triste, un homme déguenillé, chaussé d'espadrilles, vrai type de bandit, frappait, hors d'haleine, à sa porte. Claire accourut au cri poussé par sa femme de chambre, Parisienne peu habituée à des visiteurs aussi mal vêtus, et, à travers la grille du petit jardin, elle essaya vainement de se faire comprendre de l'inconnu rébarbatif. Mais, dans les explications qu'il multipliait en son affreux patois aragonnais, un mot revenait toujours : *Panti-cosa*. En même temps, à travers les barreaux, il tendait une lettre.

Saisie d'un noir pressentiment, Claire prit la lettre et s'empressa de retourner près de sa lampe, afin de la lire, non sans avoir donné l'ordre que l'exprès fût introduit et bien traité.

— Madame la comtesse n'a peur de rien, disait la soubrette à sa compagne, en dévisageant l'Espagnol qui était un gars superbe. Tout de même, je ne l'ai pas vue plus saisie le soir où je lui ai donné la dépêche qui annonçait la maladie de feu mon maître.

Pendant ce temps-là, Claire de Chalonne lisait ce qui suit :

« Bains de Panticosa, le 14 août 188...
                    » 5 heures du soir.

» Madame la Comtesse,

» Deux hommes de peine attachés à notre

établissement viennent d'arriver de France, accompagnant un voyageur qui les a pris comme guides, ce matin, au Pont d'Espagne. Cet étranger qui, au dire de ses compagnons, avait donné des symptômes de grande fatigue sur la fin de sa route, s'est évanoui sans avoir pu prononcer une parole en entrant dans mon bureau.

» Il était de mon devoir de chercher quelque indice me permettant d'informer sa famille d'une situation qui peut être grave. Je n'ai trouvé sur lui qu'une seule lettre, dont je reproduis l'adresse sur la mienne, vous laissant le soin de décider ce qui vous reste à faire. Notre hôte inconnu n'a pas repris connaissance. Il est soigné avec tout le zèle possible par nos deux médecins dont le diagnostic est grave, sans être encore bien établi. Le porteur de la présente, que je vous expédie sans perdre une minute, a l'ordre de faire la route avec toute la célérité possible, malgré la nuit et les difficultés du trajet.

» Je suis, Madame, avec bien du respect, votre serviteur dévoué.

» CANDAU,

» administrateur des bains. »

XIV

— Il est perdu! se dit la comtesse. Malheureuse Nadia! C'est de ta main qu'il meurt!

Puis, se souvenant de l'entretien du jour précédent, sur la montagne, et des circonstances dans lesquelles le départ de Paul avait eu lieu :

— N'est-ce pas plutôt moi qu'il faut accuser? songea-t-elle. N'aurais-je pu, en le gardant ici quelques jours de plus, le raisonner, le calmer, guérir cette fièvre du corps et de l'âme qui couvait en lui, et sous laquelle il succombe? Avais-je le droit de lui faire quitter, par un mot, la retraite qu'il avait trouvée dans son chagrin? Son départ était-il chose tellement urgente? Hélas! quel mal faisait-il? quel mal faisions-nous?

Elle ne s'admirait plus, comme la veille, pour sa noble sévérité. A cette heure, elle voyait dans sa conduite l'exagération d'un scrupule égoïste et faux. Mais surtout elle voyait le malheureux Paul gisant, mort peut-être, dans un lit d'hôtellerie, de l'autre côté de ces montagnes qu'elle touchait presque de la main.

— Cinq heures seulement pour aller jusqu'à lui!

Cette idée ne la quittait pas, tandis qu'elle froissait le papier qu'on venait de lui remettre, se demandant ce qu'il fallait faire. Car il fallait faire quelque chose. Télégraphier? A qui? A Nadia? C'était barbare; c'était impossible. A la famille de Paul? Vingt fois il avait dit devant elle que sa seule famille consistait en collatéraux éloignés. D'ailleurs, elle ignorait leur adresse.

Cinq heures! Une demi-journée de mulet pour faire une action de charité, de justice! N'avait-elle pas affronté souvent, pour une partie de plasir, des courses plus longues? Et, pendant qu'elle hésitait ainsi, elle croyait entendre une faible voix d'agonisant qui l'appelait. Toute frissonnante, elle regarda la pendule, s'imaginant qu'elle rêvait depuis des heures. Il y avait cinq minutes à peine que l'Espagnol avait sonné à sa porte.

— Allons! c'est le devoir, dit-elle. Je m'en voudrais toute ma vie d'avoir hésité. Au point du jour, nous serons en route.

Alors, déjà calmée, elle prépara l'expédition du lendemain. Tout d'abord, elle fit appeler le guide qui la conduisait d'ordinaire, et qu'on trouva sans trop de peine au café voisin.

— Des chevaux pour moi, ma fille et ma femme de chambre, commanda-t-elle. Nous partons au petit jour.

Mais, en apprenant qu'il s'agissait de gagner

Panticosa directement par la montagne, l'homme leva les bras au ciel.

— Passer le Marcadau à cheval! dit-il. Madame la comtesse n'y pense pas! A toute force, des mulets de choix s'en tireraient. Mais je défierais bien ces dames de rester sur leur dos à certains endroits de la route.

Claire, à cet obstacle inattendu, sentit redoubler ses remords et ses angoisses.

— Mais enfin, gémit-elle, n'y a-t-il pas d'autre chemin plus facile?

— Madame, en vous levant de bonne heure, vous pouvez gagner en chemin de fer, dans la matinée, Pau, puis Laruns. Là, une voiture vous prendra pour vous conduire par les Eaux-Chaudes et Gabas à Louradé, lieu où finit la route carrossable. Mais vous y trouverez des mulets qui vous porteront à Sallent, en Espagne; c'est un des meilleurs passages des Pyrénées. A Sallent, vous reprendrez une voiture, et vous serez de grand jour aux bains de Panticosa.

14.

— C'est bien, dit Claire; je suivrai cette route.

Au coup d'onze heures, par une nuit noire comme la bouche d'un four, l'Espagnol, abondamment réconforté et grassement payé, s'était remis en route à travers les précipices, aussi tranquille qu'un citadin repassant les ponts pour rentrer chez lui, après avoir dîné en ville. Qnant à madame de Chalonne, elle n'eut pas de peine à se lever de bonne heure, pour l'excellente raison qu'elle n'entra point dans son lit. Elle passa les heures à songer, à préparer quelques légers bagages pour sa fille et pour elle et à rédiger vingt télégrammes pour informer Nadia de ce qui se passait. Mais, après réflexion, elle n'en expédia aucun. Il valait mieux attendre quelques heures de plus et donner des nouvelles précises.

Le jour commençait à poindre quand elle éveilla Marthe et lui annonça les projets de la journée.

—Partons vite! s'écria l'enfant. Pauvre

monsieur.de Chérancy! Bien malade, vous
dites? Et tout seul! Comme c'est triste!

A dire vrai, cette grande tristesse diminua
quand Marthe sut qu'elle aurait une partie du
trajet à faire à cheval. La mère et la fille
s'embarquèrent à cinq heures, escortées d'une
femme de chambre. A Pierrefitte, on passa
de la diligence au wagon. Il fallut changer de
train à Lourdes, puis à Pau. A Laruns, nouvel
embarquement en voiture. Enfin, vers trois
heures après-midi, par un temps admirable,
les voyageuses, portées sur d'excellents mulets,
franchissaient la brèche du petit mur en
pierre sèches qui sépare la France de l'Espagne.

Le plus fort était fait. Encore trois ou
quatre heures et Claire allait savoir si cette
course pénible n'était pas en pure perte.

Pour la première fois, une réaction se fit
en elle; son esprit fut frappé de ce qu'il y
avait peut-être d'inconsidéré dans son entre-
prise. Elle se vit arrivant à Panticosa, ren-

contrant les yeux de tous ces inconnus dont
les regards lui demanderaient :

— Qui est donc ce malade auprès duquel
vous accourez de si loin? Votre mari ou vôtre
frère ?

Le choc causé par cette réflexion fut si
rude, que Claire tira machinalement la rêne
de sa monture. L'animal s'arrêta court.

— Ah! mon Dieu! Qui donc pourrait me
conseiller? pensa-t-elle.

Personne en ce désert pierreux, nu, désolé
comme un paysage de la Palestine. Au loin,
tout au sommet des pentes, d'innombrables
troupeaux de moutons s'éparpillaient comme
un fourmillement de pucerons jaunes sur le
duvet d'un fruit. Plus bas, mieux à portée de
la vue, des centaines de mules pareilles à de
grosses fourmis rousses paissaient l'herbe ou
dormaient, paresseusement étalées au soleil.
A l'approche de la caravane, des vols de
corneilles aux cris sinistres s'enlevaient pour
se poser plus loin. Un Romain du temps de

Virgile eût trouvé là plus d'un présage lugubre, mais il eût aimé à suivre, dans l'infini de l'azur, les cercles tracés lentement par l'aile puissante de l'aigle, gardien inaccessible et majestueux de ces hautes frontières. Jamais Claire de Chalonne ne s'était trouvée si seule, si hésitante, si troublée. Elle appela sa fille, qui tendait au muletier sa tasse d'argent pour l'emplir à une source voisine.

— Marthe, demanda-t-elle, n'es-tu pas fatiguée? N'as-tu pas envie que nous retournions à Cauterets?

Elle attendait la réponse de l'enfant comme un oracle pieusement invoqué, se jurant de le suivre avec une foi soumise. La petite enveloppa sa mère du regard étonné de ses grands yeux.

— Oh! maman! *il* est tout seul, et malade! Marchons plus vite, au contraire.

Ce n'était pas la dernière fois que l'enfant devait avoir sur la destinée de sa mère et de Paul de Chérancy une influence décisive.

A six heures du soir, la voiture dans laquelle Claire et sa suite roulaient bon train
depuis Sallent laissait à droite, au fond d'un
vallon, les toits d'ardoise du joli village de
Panticosa. Déjà commençaient les circuits de
l'admirable route qui conduit aux bains.
Huit kilomètres à faire au pas; cinq cents
mètres d'altitude à gravir dans l'amphithéâtre
des montagnes! Voilà ce que madame de Chalonne apprit avec épouvante pendant que les
chevaux soufflaient un instant devant la *posada*
du pied de la côte. Encore plus d'une heure
avant d'avoir la réponse à cette question qui,
depuis la veille, s'enfonçait dans son cœur
comme une vrille :

— Est-il mort?

Au moment d'entrer dans la gorge qui
tombe verticalement de la ceinture brumeuse
des pics, pli sévère creusé dans une colossale
draperie, Claire eut l'impression qu'elle pé-
nétrait dans un nouveau monde. Sur la route,
l'ombre d'un roc énorme traçait brusquement

une ligne très dure; au delà, nulle trace de la lumière blonde du soleil. C'était comme la frontière du royaume de l'inconnu. D'autres rayons de lumière, d'autres sentiments, d'autres lois semblaient guider le mortel qui s'aventurait dans cet Érèbe des airs. Madame de Chalonne, à cet instant, ferma les yeux, avec la conscience qu'elle passait sous un pouvoir nouveau.

Soudain le tonnerre des montagnes, avec ses coups et ses roulements de bataille, fit entendre sa voix. Mais l'angoisse qui glaçait Claire jusqu'aux os n'avait rien à voir avec l'orage. Non seulement elle sentait qu'elle ne serait plus heureuse une seule des minutes de sa vie, si elle trouvait Chérancy mort, mais elle avait l'impression de porter avec elle la guérison du malade. Elle était le messager de grâce dépêché à l'innocent déjà sur le chemin du supplice. O supplice pour elle-même ! la crainte d'arriver une heure, une minute une seconde trop tard !

Elle avait promis à son cocher de doubler
le prix de la course ; les coups de fouet, les
vociférations pleuvaient ; les chevaux hale-
taient ; Claire haletait avec eux. Par une volonté intense jusqu'à la fatigue, par un désir
douloureux jusqu'à l'énervement, elle s'attelait
elle-même à la voiture, maudissant les roues
qui ne tournaient pas. Et toujours un nouveau lacet du chemin ramenait l'équipage en
arrière. Et toujours ses yeux découvraient de
nouvelles sinuosités du cordon blanc qui
semblait réunir les deux parois du rocher,
pareil au ruban de soie qui rapproche les
bords d'un corsage rebelle.

On était à quatre mille pieds d'élévation ;
la température devenait froide. En vain, la
femme de chambre déployait les couvertures
sur les genoux de sa maîtresse. Claire, machinalement, les repoussait. Elle aurait voulu
quitter la voiture et s'engager, à la suite
des montagnards au jarret nerveux qui
la dépassaient, dans les raccourcis escar-

pés longeant le gouffre du Caldarès en
furie.

Une maison blanche apparut au sommet de
la gorge. Enfin ! C'était là ! Encore un quart
d'heure et l'incertitude cesserait. Hélas ! remplacée par quelle vérité plus cruelle ! Le paysage devenait lugubre ; le brouillard s'épais-
sissait. Un pic à demi voilé dressait dans le
ciel son cône tout noir parsemé de plaques
neigeuses, et Claire frissonna, croyant voir
des larmes d'argent répandues sur la draperie
sombre d'un catafalque.

La maison blanche se rapprochait ; on l'at-
teignit. Ce n'était qu'un logement construit
pour les cantonniers de la route. Au delà,
plusieurs lacets encore ; puis soudain le chemin semblait se perdre.

— Mon Dieu ! s'écria la comtesse tout haut.
Nous n'arriverons donc jamais !

Le son de sa propre voix l'éveilla comme
d'un songe. Elle se demanda si c'était bien
Claire de Chalonne qui courait les montagnes

15

depuis quatorze heures pour gagner le lit de mort d'un étranger. Un étranger...! Paul de Chérancy n'était-il point, pour elle, tout autre chose?

Loin de la calmer, cette excuse trop bonne l'irrita contre elle-même au point que ses yeux lancèrent une flamme. Oui. C'était un étranger, presque un inconnu qui l'appelait là-haut. Elle se le répéta deux fois, avec tant d'énergie que ses lèvres remuèrent. Elle s'interrogea pour savoir ce qu'elle penserait d'une autre femme accomplissant un acte semblable. La veille, sans doute, elle eût crié à la folie. Mais elle n'avait plus ses opinions, ses craintes, ses scrupules de la veille. Arriver à temps, tout était là! Que lui importait le reste à cette heure!

Devant l'obstacle d'une masse énorme roulée du haut des cimes entrechoquées à la naissance du monde, le chemin venait de faire un dernier détour. Sur le sable stérile d'un plateau désert, le Caldarès, tout à l'heure mugis-

sant, rampait sans bruit, comme l'animal
féroce enfermé qui cherche une issue. Les
chevaux prirent le trot sous les piqûres d'une
pluie froide. On franchit un pont de marbre
blanc; on fit un second détour, et soudain, à
l'extrémité d'un petit lac aux eaux d'encre,
apparut une enceinte morne d'édifices ali-
gnant leurs régularités d'hôpital ou de ca-
serne. Le carré profond s'ouvrait par un
côté vide sur le lac et sur l'arrivée de la
route.

Cette fois, c'était là. Claire poussa un soupir. L'heure était venue de tout savoir. Quelques tours de roues, quelques claquements de
fouet, la voiture s'arrêta devant un perron.
Déjà Marthe, lassée du long voyage, avait
sauté à terre. Avant de descendre, la comtesse
demanda, s'adressant à une femme de service
qui accourait :

—Monsieur de Chérancy? comment va-t-il?
Où est-il?

Pas de réponse. Un sourire de jolie fille qui

montre ses dents blanches. De grands yeux
noirs qui regardent sans comprendre :

— *No intiendo, Señora.*

D'autres servantes s'empressent ; des hommes déchargent le léger bagage, et Claire a
beau répéter sa question. Elle n'obtient que
des regards ardents de curiosité. Une Française à Panticosa ! Quel événement rare ! Cependant la jeune femme épuisée d'émotion et
de fatigue, trempée par l'averse qui tombe à
flots, retient à peine ses larmes. Ses yeux
supplient tous les automates muets qui l'en-
tourent ; sa bouche répète un seul mot que
l'univers entier devrait comprendre :

— Chérancy ! Chérancy !

Elle regarde avec désespoir les intermi-
nables bâtiments, interroge chacune des fenêtres. Où est-il ? Où est son pauvre corps
malade, s'il est encore vivant ? Où est son
cadavre, s'il est mort ?

Dieu merci, voilà qu'une phrase française
est prononcée.

— N'est-ce pas à madame la comtesse de
Chalonne que j'ai l'honneur de parler? demande un homme court, trapu, dont une
forte moustache coupe en deux le visage
énergique.

Et, sur un geste affirmatif :

— Veuillez me suivre, Madame. Votre arrivée m'ôte un terrible poids. La situation du
malade n'a pas changé depuis ma lettre. Je
l'ai soigné de mon mieux, non seulement
comme un hôte, mais comme un compatriote.
Car je suis Français, Madame...

Claire, l'ingrate ! n'a compris qu'une chose :
c'est qu'elle est arrivée à temps. Elle est
sûre, désormais, que tout ira bien, et la seule
pensée que cet « étranger » lui devra son
salut la rend presque défaillante en face
d'une des grandes joies de sa vie.

XV

Dans une grande chambre nue, plus que
simple mais fort propre, sous des rideaux
éblouissants de mousseline imprimée, Paul
de Chérancy semblait dormir. Fâcheux sommeil, à en juger par la respiration précipitée,
par les mouvements convulsifs qui ne laissaient point de relâche aux membres. Claire,
tenant sa fille par la main, s'approcha du lit
de fer. La nuit tombait. Ce nid d'aigles, dans
les plus longs jours d'été, ne reçoit plus de
soleil après cinq heures. Une petite main
blanche et douce chercha dans l'ombre le

front de Paul et s'y posa, tandis que Marthe, interrogeant sa mère du regard, épiait son moindre signe comme elle eût fait pour le plus habile médecin.

A l'attouchement qui rafraîchissait sa peau brûlante, Chérancy presque aussitôt s'était calmé. Ses doigts s'agitèrent dans le vide et se refermèrent sur l'autre main de la comtesse. Puis, sans ouvrir les yeux, il murmura d'une voix faible comme un souffle :

— Vous !... vous !... bonheur !... merci !...

Alors, lentement, deux larmes se firent jour sous ses lourdes paupières et vinrent se perdre dans sa barbe brune. Marthe, transportée comme à la vue d'un miracle, dit tout bas :

— Oh ! maman ! il vous a reconnue ! Comme nous avons bien fait d'arriver ! Nous allons rester, n'est-ce pas, maman ?

L'enfant s'arrêta court en voyant que sa mère pleurait, elle aussi.

— Comme vous êtes bonne ! reprit-elle en

serrant doucement de son petit bras la taille
de Claire. Il se guérira, je vous le promets.
Nous le soignerons si bien !

Madame de Chalonne ne répondit pas. Ce
qui l'occupait, à cette minute, n'était pas de
savoir si le malade guérirait. Dans le secret de
son cœur, elle se posait une autre question :

— M'a-t-il reconnue ? Est-ce à moi qu'il
croit parler ? Est-ce moi qu'il remercie... ou
Nadia ?

Une heure après, Claire et sa fille dînaient
rapidement à une table séparée dans la
longue salle à manger parquetée de sapin,
ressemblant à un réfectoire. Quand la petite
fut couchée et prête à s'endormir dans la
chambre attenante à celle de sa mère, la comtesse retourna près du malade, à l'autre
bout du corridor immense. Elle y trouva le
médecin qui déclara les symptômes plus ras-
surants.

— Toutefois, dit-il, je ne puis me prononcer encore. Nous n'avons, hélas ! que

l'embarras du choix entre les inquiétudes. Je
constate une menace grave dans l'état céré-
bral et, d'un autre côté, je crains la fluxion
de poitrine.

Durant toute la nuit, la seconde qu'elle
passait sans se mettre au lit, Claire soigna le
malade avec le dévouement d'une sœur hos-
pitalière. Mais l'ordre des filles de Saint-
Vincent de Paul serait bientôt décimé, si leur
cœur battait aussi fort sous la guimpe, auprès
des malades, que celui de madame de Chalonne battait sous son corsage aux formes
élégantes. Elle n'avait pas la résignation qui
s'incline, le devoir accompli, devant la volonté souveraine. En vain, elle se disait :

— N'appartient-elle pas à une autre, cette
existence que je dispute à la mort?

Elle sentait son bonheur propre, son intérêt personnel mis en jeu dans la lutte qu'elle
soutenait. D'abord, elle en fut effrayée; puis,
dans cette solitude austère et silencieuse, aux
lueurs incertaines de la veilleuse tremblante,

15.

elle vit, dans son cœur, certaines formes,
jusque-là confuses, révéler peu à peu leur
contour trop évident. Bientôt un jet brillant
d'implacable vérité inonda son âme. Il lui
devint impossible de ne pas y déchiffrer l'arrêt de son destin.

— Hélas ! soupira-t-elle, me voilà condamnée à souffrir toujours. Car, s'il meurt, que devient ma vie ? Et, si sa guérison le rend à une
autre... ?

Elle se leva, effrayée, car, à côté de la douleur, elle entrevoyait déjà quelque chose
d'ignoré jusque-là : une lutte redoutable contre elle-même. Comme si l'alternative eût dé-
pendu d'elle, son premier mouvement fut
d'établir son choix.

— Dieu bon ! pria-t-elle, qu'il guérisse
seulement. Et tout mon sang, toutes mes
larmes couleront avant qu'un être humain
soupçonne mon secret.

Aussitôt la crainte s'éloigna d'elle, car ce
cœur vaillant se sentait invincible et fort,

comme un soldat qui arrive tout frais devant
l'embuscade imprévue. Ah! oui, une embuscade! Elle marchait, depuis quelques jours,
dans l'ignorance et dans la nuit, et tout à coup,
elle s'éveillait loin, bien loin, égarée dans un
pays inconnu, où jamais, de son plein gré, elle
ne se serait laissée conduire.

— Ah! si c'était à recommencer... !

Elle s'arrêta, car elle était loyale, même
dans le secret de sa pensée. Elle ne regrettait rien et si, durant le reste de ses jours,
elle pouvait se dire qu'elle avait sauvé cette
vie, la souffrance, la lutte seraient sa récompense et son bonheur.

Quand le soleil parut, elle s'approcha de la
fenêtre et crut se réveiller, au sortir d'un
songe, à mille lieues des personnes et des
choses qu'elle avait toujours connues. Autant
qu'elle pouvait voir, ses yeux ne rencon-
traient qu'une muraille grise de mille pieds,
couronnée de sapins misérables. Déjà, dans
la cour, la population matinale des bai-

gneurs, tous Espagnols, s'agitait. Des hommes,
dont les prunelles seules paraissaient entre le
feutre noir et la doublure éclatante de la *capa*
rejetée sur l'épaule, traversaient l'air froid
d'un pas rapide. Sur les escaliers de granit,
le long des sentiers taillés au flanc du roc,
des ombres se mouvaient silencieuses, gagnant
les buvettes disséminées dans la montagne.

Tout à coup, sur le chemin qui longeait le
petit lac aux eaux noires, un grand bruit se
fit entendre. C'était la diligence aux formes
antiques, arrivant avec fracas, traînée par la
longue file des mules attelées deux à deux.
Trois hommes, trois fouets, trois gosiers
rauques, faisaient galoper l'attelage. Le cocher, majestueux sur son siège, prenait des
airs importants de capitaine au long cours
doublant un cap. Le postillon à cheval, en
tête de la colonne, faisait claquer son fouet
en posant pour le fin cavalier. L'*adelantado*,
suspendu au marchepied, hurlait des menaces de mort à l'adresse des quadrupèdes.

Quand il se tut, les dix bêtes s'arrêtèrent aussitôt.

Exténués par les vingt-quatre heures de route qu'ils venaient de faire en quittant Huesca, la station du chemin de fer la plus voisine, les voyageurs, péniblement, descendirent, l'air ahuri. Puis, sous les yeux des carabiniers royaux à l'élégant costume, on déchargea des sacs de dépêches et cette vue fit souvenir la comtesse qu'elle devait écrire une lettre. Ne fallait-il pas prévenir Nadia ? Hélas ! quelles nouvelles lui donner ? Au même instant, le docteur vint faire sa visite matinale.

— Pas encore de mieux, dit-il ; mais aucune aggravation. Cet arrêt dans le danger est peut-être le meilleur des symptômes. Le malade est plus calme ; il ne se sent plus seul. Madame, laissez-moi vous dire que monsieur votre... votre...

— Mon ami, dit simplement Claire.

— ... Que monsieur votre ami, si nous le sauvons, ce que j'espère, vous devra la vie.

Entre une infirmière dévouée, mais ne parlant pas un mot de français, et une garde-malade comme vous, quelle différence! Nous vous conserverons quelque temps, j'aime à le croire?

— Non; mais je serai remplacée sous peu avec avantage.

Le médecin parti, Claire écrivit sa lettre, se bornant à un récit ponctuel et sans commentaire des événements.

« Tu comprends pourquoi je suis venue, disait-elle en finissant; tu en aurais fait autant à ma place. En tablant pour le mieux, si je t'avais télégraphié, tu serais tout au plus à Bordeaux à l'heure qu'il est. Tu n'aurais pu traverser les montagnes ce soir. En venant, j'ai gagné presque deux jours. D'ailleurs, il était cruel de t'exposer à le trouver mort; je n'ai pas eu ce courage. Maintenant tout me dit que tu le trouveras vivant. Dans tous les cas, tu me trouveras, moi.

» Est-ce bien *moi* qui t'écris de venir, comme

une chose toute simple? Je ne me reconnais plus. Mais il ne s'agit pas, à cette heure, de se poser des cas de conscience. Il faut sauver cet homme : j'ai commencé; tu finiras. Viens donc; voici l'itinéraire... »

Là-dessus, Claire, un peu plus calme, put dormir deux heures. Sa femme de chambre, personne sérieuse et dévouée, la remplaça près du malade. Vers le soir, Paul sortit un instant de sa léthargie; madame de Chalonne était là. Il lui prit la main, la baisa, et murmura encore :

— Merci... Madame !

— Il m'avait bien reconnue, pensa Claire. S'il mourait, il emporterait ce souvenir là-haut.

Le soir, Paul fut déclaré hors de toute menace de la fièvre cérébrale. Restaient la pneumonie, toujours imminente, et une fièvre qui réduisait le malade à la plus extrême faiblesse. Dans cet état, un autre jour se passa; puis l'heure vint où Nadia devait avoir reçu la lettre

de sa cousine. A partir de ce moment, Claire
ne quitta plus des yeux la porte du bureau
télégraphique. A sa profonde surprise, le fil
resta muet.

Quelle pouvait être la cause de ce silence?
La lettre s'était-elle perdue? Madame Fresnel
avait-elle pris le train sans songer à expédier
une dépêche? En voulait-elle à sa parente
d'avoir usurpé sa place? Madame de Chalonne se sentait frémir de douleur et de honte
à cette seule pensée, et pourtant elle ne pouvait regretter d'avoir agi comme elle l'avait
fait. Mais pourquoi cet homme dont elle ne
voulait, n'attendait, n'espérait rien, troublait-
il ainsi le repos de sa vie?

Il fallut se résigner et compter les minutes.
Heureusement, dans cette ruche encombrée
d'hôtes, tous étrangers, personne ne faisait
attention à la nouvelle venue. Les femmes
étaient rares, la plupart d'une condition modeste. On savait dans l'établissement qu'une
dame française était à Panticosa pour soigner

un voyageur — un parent sans doute — en danger de mort. On faisait des vœux pour que le malade guérît ou du moins pour qu'il eût la force d'aller mourir ailleurs, le lieu manquant déjà de gaieté. Quant aux suppositions romanesques, la présence de la petite Marthe, toujours aux côtés de sa mère, les rendait impossibles.

Dans l'atmosphère prodigieusement pure d'une des stations les plus élevées de l'Europe, la santé de l'enfant prospérait à vue d'œil. Il se trouvait même qu'elle pouvait continuer le traitement commencé à Cauterets, certaines sources de Panticosa étant analogues. Bref, rien ne pressait madame de Chalonne de partir, et tout lui disait de rester, tout, même une voix secrète qu'elle était seule à entendre.

Le cinquième jour après son arrivée dans les montagnes de l'Aragon, elle reçut, à sa grande surprise, une lettre de Nadia, une lettre encadrée de noir et datée de Paris.

« Je comprends maintenant, lui disait sa cousine, pourquoi tu n'as pas répondu à ma lettre, qui t'apprenait un grave événement : M. Fresnel est mort.

» Le courrier qui te l'annonçait t'a croisée en route ; mais, si la nouvelle est fraîche, la catastrophe est ancienne. C'est au commencement de janvier dernier, à Chicago, que mon mari est mort, on ne sait pas comment. Peut-être le sait-on ; mais on n'a pas jugé à propos de me le dire, et tu penses bien que je ne le demanderai pas. Quant au retard survenu dans l'annonce de sa mort, sa famille, qui me traite en étrangère, ne me l'explique pas davansage. Pauvre homme ! il avait changé de nom, et, sans doute, changeait souvent de résidence. Comment aura-t-il fini ?

» Je lui pardonne tout, mais, mon Dieu ! pourquoi n'ai-je pas su en janvier ce que j'apprends sept mois plus tard ? Pourquoi la nouvelle de ma délivrance a-t-elle pris, pour m'arriver, des détours savants ? A quoi me servira-t-elle désormais, cette liberté? Mon pauvre Paul va mourir; il est mort. Ou bien il ne voudra plus de moi! Tu verras! Je sens si bien cette fatalité, ce *trop tard* qui s'attache aux causes perdues! Je suis calme aujourd'hui; le calme de l'anéantissement. Mais il y a six jours!... Brûle sans la lire ma première lettre, celle qui est à Cauterets. C'est le blasphème d'une païenne contre le sort ennemi.

» Pour le moment, tout ce que je gagne à mon veuvage, c'est de ne pouvoir aller soigner l'homme à qui je m'étais donnée. Irais-tu, toi, au risque d'avoir l'air de réclamer une dette échue... mais trop discutable? Cependant, s'il était *certain* qu'il est perdu, rien ne m'empêcherait plus de me mettre en route et de venir le voir mourir. Ma démarche n'aurait plus rien d'intéressé, de suspect. Donc télégraphie-moi... et plains-moi. Plains-moi si je ne viens pas, et encore plus si je viens. On dit qu'un deuil n'arrive jamais seul... Ah ! tiens, mon cœur ne bat plus !

» Aussitôt la nouvelle reçue, je suis retournée à Paris. Il le fallait bien, ne fût-ce que pour acheter ma robe noire. Et puis je dois m'occuper de mes affaires. Mes affaires ! ce mot n'est-il pas horrible à prononcer en ce moment ? Si tu savais comme je ressens l'ironie de ma destinée !

» Une seule chose m'occupe et me torture. C'est de songer qu'il pourrait mourir avec l'idée que je suis une créature indigne. Si tu as quelque pitié pour ma misère, délivre-moi de ce suprême chagrin pour le temps qui me reste à vivre. Qu'il m'oublie comme un être malfaisant. M'oublier ! Hélas ! le prêtre qui l'assistera exigera qu'il m'oublie ! Mais du moins qu'il me pardonne et qu'il sache que je ne l'ai pas trahi. Non, je ne l'ai pas trompé, Claire. Jure-le lui sur l'hostie, et parle lui de moi comme d'une malheureuse qui lui doit ses seuls instants de bonheur, et qui l'a aimé, aimé... oh ! mon Dieu ! comme je l'ai aimé ! Et voilà comment nous nous quittons pour toujours !

» Adieu : je n'en puis plus ! »

Moins de cinq minutes après que madame de Chalonne eut achevé de lire cette lettre — avec quel cœur troublé ! — le télégraphe emportait la réponse :

« Il est mieux. Je te préviendrai quand il faudra venir. Compte sur ta sœur et sur Dieu. »

XVI

Le malade en était à son huitième jour.
Tout danger avait disparu, mais la faiblesse
était encore extrême. Plus dévouée, plus calme
que jamais en apparence, mais plus pâle aussi,
Claire de Chalonne attendait le moment où
le convalescent pourrait être informé, sans
risque fâcheux, de la grande nouvelle.

Chez celui-ci, l'esprit ne semblait pas se
relever aussi vite que le corps. On eût dit que
sa patience, son énergie, sa puissante volonté
s'étaient fondues en même temps que la chair
de ses muscles. Cet homme, si fort jadis, n'é-

tait plus qu'un enfant incapable de se résoudre
et d'agir par lui-même, ayant tour à tour pour
celle qui le soignait des soumissions, des atten-
drissements et des tyrannies d'être infirme.
De même que, dans les premiers jours, il
refusait les remèdes de toute autre main que
celle de Claire, de même, le danger passé, il
avait exigé qu'elle fût là pour tendre les
premiers aliments à ses lèvres blanchies.

Il parlait peu, la remerciant seulement d'un
regard de ses yeux qui étaient devenus immenses, parfois d'un baiser timide sur le bout
des doigts de sa belle garde-malade.

Les heures lentes s'écoulaient dans cette
anarchie d'habitudes qui succède au règne
prospère de la santé. Plus de jour, plus de
nuit, plus de moments réglés pour la nourri-
ture et le repos. Dans ses veilles somnolentes,
dans son sommeil toujours prêt à fuir, il
n'aurait pu dire, le plus souvent, si c'était la
lampe qui l'éclairait ou les rayons du soleil
filtrant à travers les rideaux de sa chambre.

Mais il savait toujours si madame de Chalonne
était là, si elle était absente. La présence ou
l'éloignement de cette fée au sourire doux
marquaient seuls les deux grandes divisions
du temps, le jour et la nuit de son être, tour
à tour inquiet et calmé, selon que le fauteuil
de Claire demeurait occupé ou vide. Elle était
devenue le soleil de sa vie, et, s'il faut en croire
les savants, le culte du soleil est la plus naturelle des idolâtries.

Quant à la comtesse, de minute en minute
le convalescent lui tenait davantage au cœur.
Elle ne songeait plus à soutenir contre elle-
même une lutte inutile, mais seulement à cacher sa faiblesse aux yeux des autres. Un jour,
elle dit à Paul qui, à son gré, la contemplait
avec trop d'émotion :

— Comme on a raison d'affirmer que
toute femme est sœur de charité par la naissance ! Croiriez-vous qu'il me semble maintenant tout naturel de soigner comme mon frère
un ami de la veille ?

— Cela prouve, répondit-il avec tristesse,
que vous en auriez fait autant pour tout autre
qui se fût trouvé à ma place.

Elle tressaillit, réfléchit une seconde, et,
avec l'intrépidité d'une honnête femme qui
doit savoir mentir :

— Mais oui, certainement, fit-elle.

— Enfin, peu importe, soupira Paul. Ce qui
est plus certain encore, c'est que, sans vous,
je ne serais plus de ce monde.

Dans le secret de son âme loyale, Claire
s'observait, craignant de trahir, soit par trop
de lenteur, soit par une précipitation impru-
dente, la cause qu'elle défendait contre elle-
même. Le sort de Nadia était entre ses mains.
Il fallait lui ramener le cœur guéri de Paul.
Il fallait faire quelque chose de plus : procurer
le remède suprême à leur situation, c'est-à-
dire le mariage. Mais d'abord elle devait épier
le moment favorable, annoncer la grande nouvelle au malade habilement préparé à l'entendre, employer toute son adresse de femme

16

pour rendre à une autre l'homme qu'elle avait
sauvé, qu'elle adorait de toute son âme.

Claire était prête au sacrifice et n'attendait que l'heure d'agir. Mais elle aurait
considéré comme une tâche moins dure de
passer quinze nuits au chevet de Paul et, à
n'écouter que sa préférence, elle aurait disparu sans rien dire, avant d'aborder le fatal
sujet.

D'ailleurs, il s'en fallait qu'elle aperçût devant elle un terrain bien préparé. Pas une
seule fois, depuis son arrivée à Panticosa, le
nom de sa cousine n'avait été prononcé.
Aucune allusion n'avait été faite à l'existence
. de madame Fresnel. Et, même à ce moment,
la faiblesse, l'irritabilité nerveuse du convalescent étaient encore si grandes que, dans
l'intérêt même du succès, elle redoutait de
parler de Nadia.

Le 25 août, Chérancy put quitter sa chambre. Appuyé d'un côté sur le bras de Claire,
de l'autre sur l'épaule de Marthe toute fière

de soutenir les premiers pas de son ami, Paul
descendit les marches du perron qu'il ne se
souvenait pas d'avoir jamais montées. Un
beau soleil chauffait comme une serre le
cirque des rochers. Les maigres fleurs du jardin, pauvres éphémères dont la vie dure
quelques semaines, levaient la tête avec un
sourire de jolies mourantes. Les trois promeneurs vinrent s'asseoir sur un banc, à l'ombre
de quelques sorbiers rachitiques plus tristes
à voir que les rochers nus. Autour d'eux er-
raient quelques baigneurs aux visages jaunes.
Nul ne saura jamais quels tons étonnants peut
prendre une face humaine, s'il n'a rencontré
un Espagnol atteint d'une affection du foie à
l'apogée.

Le docteur qui passait par là, faisant sa
ronde, vit son malade et s'approcha de lui
pour le féliciter.

— Savez-vous, dit-il, quelle est maintenant
mon ordonnance ? Vous en aller d'ici le plus
vite possible. L'été tire à sa fin, les soirées et

les nuits deviennent fraîches; les deux tiers
de mon monde sont partis. Je vous donne
encore trois jours, après quoi je vous chasse.
Allons ! avouez que vous ne m'en voudrez pas
trop.

Paul n'avoua rien, et, quand le docteur fut
parti, ni la comtesse, ni sa fille, ni leur compagnon ne prononcèrent une parole. C'est
qu'ils regrettaient tous trois, chacun à sa façon et avec son secret, cette réunion qui allait
finir et que rien ne ramènerait plus.

Le soir, dans la chambre de Paul dont un
feu brillant tiédissait prudemment l'air, autour de la lampe aux lueurs discrètes, ils se
retrouvèrent comme en famille. Chérancy
jouait aux dames avec Marthe; la comtesse ne
les quittait pas des yeux tout en ayant un livre
devant elle. De très bonne heure, sur un
signe de sa mère, l'enfant rangea les pièces
du jeu, et le convalescent fut laissé à lui-
même.

— Quel dommage, soupira Marthe, que

nous ne puissions passer ainsi beaucoup,
beaucoup de soirées !

— Il nous en reste encore deux semblables,
répondit Paul tristement. C'est déjà quelque
chose.

Il prit un flambeau pour escorter madame
de Chalonne et sa fille jusqu'à l'autre extrémité du long bâtiment de la *Pradera*. Un baiser sur le front de l'enfant, une inclination
très profonde devant la comtesse, et ils se
quittèrent sans autres démonstrations. Chérancy rentra chez lui en comptant ses pas
dans l'interminable galerie aux échos de cloî-
tre. Il songeait à la résolution qu'il fallait
prendre et, tandis que sa raison disait : départ, son cœur prononçait : séparation.

— O pensée folle, soupira-t-il, épargne-
moi ce soir ! Il sera bien assez tôt de souffrir
demain !

Pendant ce temps-là, Claire de Chalonne
assistait à la prière de sa fille pieusement
agenouillée. En voyant cette pécheresse de

16.

dix ans se frapper de grands coups dans la poitrine, elle s'examinait elle-même.

— Encore deux soirées semblables ! Non :
pas deux ; une, c'est déjà trop. Demain, à cette
heure-ci, je le jure, la besogne sera faite.

Le lendemain, le docteur fut d'avis que le
convalescent devait essayer ses forces et passer au grand air les trois heures chaudes de
l'après-midi. C'était trois fois plus qu'il n'en
fallait pour parcourir jusqu'à ces extrêmes
limites, même à pas lents, cet étroit plateau
ignoré du monde, où le sort avait réuni ces
êtres qu'il allait sans doute séparer pour toujours. Paul et ses deux compagnes prirent
l'unique chemin qui rattache ce désert au
reste du globe habité. Ils côtoyèrent le lac
minuscule, aux rives de gazon déjà jaunissant,
pâturé par de gros moutons qui secouaient, à
chaque mouvement de tête, leurs énormes
grelots de cuivre aux sons fêlés. En face des
promeneurs, un vide dans la muraille ro-
cheuse, pareil à l'ébréchure d'un gigantesque

vase, laissait voir un triangle renversé d'azur éblouissant. A gauche, ils pouvaient toucher la paroi verticale de granit aux teintes grises. A droite, de l'autre côté du lac, un pic plongeait dans les nues sa couronne de neige d'où pendait, avec des ondulations de panache brisé, l'écume ondulée par le vent d'une cascade.

Paul, redevenu artiste, contemplait le coup d'œil d'un air ravi, et sentait sa poitrine se gonfler à la brise pure.

— Mon Dieu ! que c'est beau ! s'écria-t-il. C'eût été dommage de m'en aller d'ici entre quatre planches, au lieu de m'y promener, vivant et heureux, avec mes deux anges sauveurs.

Ils s'avancèrent par le pont de marbre, jusqu'au point où l'on commence à découvrir le gouffre de la descente, et Claire tressaillit en songeant aux angoisses qui la torturaient dix jours auparavant, tandis qu'elle suivait les méandres sans fin de la route. Elle frissonna

encore lorsque, revenant aux bains après un
court repos, Chérancy lui montra, presque
perdue dans le ciel au-dessus des bâtiments,
l'étroite fissure par où passe le sentier de
Cauterets.

— Si vous saviez, disait-il, comme j'étais
malade en descendant là, quel courage il m'a
fallu pour ne pas obéir aux voix de l'abîme
qui m'appelaient ! Tout serait fini depuis longtemps. Mes amis auraient appris par hasard la
nouvelle dans leur journal. Quand je pense
que, sans une lettre trouvée dans ma poche...

Il s'arrêta court, en songeant à l'absente, à
celle qui avait écrit cette lettre. Madame de
Chalonne allait parler, trouvant l'occasion
bonne. Mais, le voyant chanceler, elle résolut
d'attendre encore.

Les premières ombres tombant des cimes
hâtèrent leur retour. Une même tristesse
vague les étreignait tous trois, même l'enfant
chez qui le jeune âge produisait, chose fré-
quente, l'exagération de certaines impres-

sions tendres du cœur de la femme. D'un muet
accord ils évitaient de se quitter, se sentant aussi nécessaires l'un à l'autre, aussi
perdus dans ce coin de montagnes, qu'ils
l'eussent été dans une île abandonnée de
l'Océan. Ils prirent leur repas ensemble, le
premier repas sérieux et complet du convalescent. Il allait avoir avant peu besoin de toutes
ses forces ! Encore une fois le feu chanta son
hymne gai dans la chambre joyeusement
éclairée. Encore une fois quelqu'un pensa :

— Que ne pouvons-nous être de même
chacun des soirs de notre vie !

Mais, cette fois, ce n'était point la petite
Marthe qui songeait ainsi. Abattue par l'air
grisant des hauteurs, elle venait de s'endormir dans son fauteuil, sa jolie tête brune ren-
versée sur le dossier qu'elle inondait de sa
chevelure. Séparés par cet ange — est-ce bien
séparés qu'il faut dire ? — Claire et Paul
tenaient obstinément les yeux fixés sur son
doux visage, car tous deux, à cette heure,

sentaient qu'il valait mieux ne pas se regarder l'un l'autre.

— Chérubin que j'ai porté, pria la comtesse, obtiens de Dieu qu'il donne la force à ta mère. Tu peux encore dormir ce soir, chérie ! Mais, à l'avenir, il faudra que tu veilles. Nous ne serons plus que nous deux; j'aurai besoin de toute ta tendresse. Hélas ! que vais-je devenir quand un autre l'aura prise ! Je serai seule, seule pour toujours, seule avec la pensée que j'ai fait mon devoir. Car je vais le faire; le moment est venu !

Elle ferma les yeux un instant, recueillit son courage et, parlant presque à voix basse pour ne pas réveiller sa fille, elle dit à Paul :

— Vous vous sentez guéri, n'est-ce pas ? Vous êtes fort ? Vous pouvez entendre des paroles sérieuses ?

— Oui, répondit-il en tressaillant; je suis guéri. Mon esprit, sinon mon corps, a retrouvé son énergie. Il faut partir; je le sais.

L'air de Panticosa ne vaut rien pour moi. Ah !
non. C'est un air perfide et dangereux dans sa
pureté sereine. Je le sens, allez ! sans que mon
médecin l'affirme et sans que vous m'en fassiez
souvenir.

Madame de Chalonne eut l'air de ne pas
voir le sourire navré de Chérancy, car elle
tenait les yeux baissés sur ses mains croisées.
Elle continua :

— C'est autre chose que j'ai à vous dire.
Vous allez entendre une nouvelle grave et, si
je n'avais voulu qu'elle vous fût donnée par
moi, je ne serais pas restée ici jusqu'à ce soir.
Monsieur de Chérancy, Nadia est veuve.

— Grand Dieu ! s'écria-t-il en se levant à
moitié de sa chaise où il retomba anéanti.
Veuve ! Depuis quand ?

— Depuis plus de six mois. Il a fallu ce
temps pour que la mort du malheureux fût
connue en France. Ma cousine en est informée
depuis une semaine seulement. Comprenez-
vous, maintenant, pourquoi elle n'est pas

venue ? N'étiez-vous pas étonné de voir une
amie naguère inconnue à cette place... qui
n'est pas la sienne?

— J'étais trop heureux et trop faible pour
penser, murmura Paul, très bas.

Rencontrant le regard chargé de reproches
de la comtesse, il se hâta d'ajouter :

— J'étais si malade, si découragé, si abattu!
Je ne pensais rien, sinon que vous me sauviez,
et que j'étais heureux d'être sauvé par vous.
V euve! répéta-t-il encore. Et depuis six mois!

— Oui, veuve; c'est-à-dire libre. C'est pour
cela qu'elle n'est pas venue. « En me voyant
accourir sous mes vêtements noirs, m'écrivait-
elle, qui sait ce qu'il penserait : que je viens
le soigner ou que je viens le prendre? » Cette
crainte, autrefois, ne l'eût point arrêtée; mais
aujourd'hui !... Je vous ai fait lire une de ses
dernières lettres. Vous avez pu voir ce qui se
passait alors dans cette âme si fière, si amè-
rement humiliée. Depuis, elle a tremblé pour
votre vie. En ce moment elle sait votre corps

guéri, mais elle ignore, pauvre Nadia ! si le cœur est guéri comme le reste.

Paul se tut. On lisait sur son visage accablé l'histoire brusquement rappelée d'une heure cruelle de sa vie, peut-être aussi le souvenir d'heures moins éloignées et plus douces.

— Écoutez, dit Claire, se méprenant sur la cause du trouble qu'elle voyait, pensez-vous que ces mains qui ont guéri votre corps seraient capables d'ensevelir votre honneur pour jamais ? Il ne court aucun risque, croyez-moi, sur la route que le devoir vous trace et qui est aussi celle du bonheur.

Paul avait appuyé les coudes sur la table et tenait la tête cachée dans ses mains.

— Je vous crois, soupira-t-il, quand vous m'assurez que l'honneur est sauf. Ma confiance en vous est telle que votre parole fait plus, pour me convaincre, que toutes les preuves...

Il s'arrêta un instant, fit un effort, et reprit avec une triste amertume :

17

— ...Toutes les preuves que nulle puissance humaine ne saurait me donner. Mais si vous saviez, si vous saviez... ! Si je vous avouais qu'en ce moment, je lutte pour chasser le regret honteux, méprisable, ignoble, de n'avoir pas été plus complètement outragé, puisque....

— Monsieur de Chérancy, interrompit sévèrement la jeune femme, il ne me reste plus qu'un mot à ajouter. Mon rôle est fini, et je vais vous quitter demain. J'emporterai comme récompense, n'est-ce pas? la satisfaction de m'être dévouée pour un honnête homme.

— Oui ! s'écria-t-il, changeant subitement de visage, d'attitude et de voix. Oh! oui ! Partez tranquille. Vous emporterez du moins cela. Quand vous penserez à moi, dites-vous que l'homme sauvé par votre pitié incroyable n'en était pas indigne. Que Dieu, jusqu'au dernier jour de votre vie, vous rende heureuse !

— Qu'il *nous* rende heureux ! corrigea

gravement madame de Chalonne. Il faut que nous le soyons tous. Mais nous le serons, j'en suis sûre. Vous verrez!

Alors, longuement, ils se regardèrent. Selon toute apparence, le bonheur dont leurs bouches parlaient tant n'était pas encore dans leurs âmes. En dépit de leurs efforts pour sourire, ils pleuraient tous deux.

La petite Marthe n'avait pas bougé. Mais, de ses yeux largement ouverts, elle les contemplait avec surprise.

XVII

Le lendemain, dans la matinée, Paul, sortant du bureau du télégraphe, rencontra la comtesse et sa fille dans le petit jardin aux fleurs tristes.

— Je viens, dit-il, de télégraphier à Paris ma très prochaine arrivée.

Claire lui tendit la main. Ce fut toute sa réponse.

— Auparavant, continua Paul, j'avais vu mon médecin. L'*exeat* est signé. Je pars demain matin. Mais plus par le Marcadau, cette fois, soyez tranquille. Je m'en vais par

le chemin des dames : Sallent, Gabas et les
Eaux-Chaudes. A Pau, je m'arrête un jour par
ordonnance du docteur.

— C'est prudent, fit Claire.

— Il va sans dire, n'est-ce pas ? que nous
ferons la route ensemble. Les mêmes voitures
nous serviront, et j'aurai encore une fois le
plaisir de voir ma jeune amie Marthe cara-
coler sur son mulet, en passant la montagne.

Dans d'autres occasions, cette perspective
eût fait sauter de joie la jeune écuyère. Mais
il était aisé de voir que l'idée du départ la na-
vrait. Assise sur un banc, elle caressait, sans
rien dire, un superbe chien des Pyrénées
qu'elle avait pris en affection et qui la suivait
dans ses promenades. Madame de Chalonne,
après une seconde de réflexion, répondit à
Paul :

— Je crois que je vous laisserai partir seul.
Demain, c'est un peu tôt pour moi, et je
pense...

— Mais vous m'annonciez hier soir votre
départ pour aujourd'hui même ?

— C'est vrai, dit la comtesse avec volubilité.
Je ne songeais pas alors que ma fille continue
ici son traitement de Cauterets. Les eaux de
Panticosa font merveille, et ce serait folie
d'interrompre une seconde fois la cure. Voyez
cette petite; quel air de santé ! Depuis que
nous sommes arrivés, elle dévore.

Marthe, sous prétexte de caresser son ami
le chien, approcha ses lèvres de la grosse
tête frisée et murmura tout bas :

— Mon pauvre *Bramatuero!* Je ne dévore
plus, va ! Si tu savais! J'ai laissé tout à l'heure
la bonne moitié de mon chocolat. Mais il ne
faut pas le dire.

Bramatuero n'eut garde de parler. Il était
digne de faire sa partie dans ce quatuor où
chacun semblait avoir juré de se taire. Paul,
très déconfit d'apprendre qu'il voyagerait
seul, garda le silence lui aussi. Jusqu'à midi,
les instants passèrent à faire le tour des bou-

tiques où l'on vendait des produits de l'indus-
trie locale. Des cadeaux furent échangés entre
les trois compagnons. La comtesse ne voulut
recevoir qu'un chapelet en pierre des Pyrénées, de quelques *pesetas*. Par contre, l'enfant
dut accepter une superbe mantille de dix louis.

— Qu'en feras-tu ? demanda la mère. Elle
est vingt fois trop belle pour toi !

— Eh ! maman, je vous la prêterai.

Aussitôt dit, aussitôt fait. La comtesse ne
quitta plus de la journée la riche dentelle
blanche, qui en faisait une *señora* dange-
reuse à voir, même pour des malades mieux
guéris que Paul. Celui-ci fut gratifié d'une
canne par la mère et, par la fille, d'un de ces
animaux en bois, sculptés à Lucerne, dont on
fait, à volonté, des chamois on des isards,
selon qu'on retourne leurs cornes en avant ou
en arrière. Ensuite on alla déjeuner, car la
cloche était sonnée, mais, pour être juste,
personne ne « dévora ».

Vers une heure, on se mit en route pour

une dernière promenade. Si vous n'êtes
membre actif de l'*Alpine-Club*, Panticosa ne
vous offre pas le choix des promenades : il n'y
en a qu'une. On reprit donc les bords du lac
dont les eaux, ce jour-là, étaient presque
bleues, tant le soleil avivait l'azur du ciel.

A deux cents pas des bains, les promeneurs
furent rejoints par une vieille qui regagnait
le bas de la vallée, chassant devant elle un
âne microscopique. L'animal libre de tout
fardeau, s'en allait tranquillement, ne trouvant pas le moinde chardon pour le distraire
de ses réflexions philosophiques. Sans doute,
il se demandait par quelle ironie du sort il lui
fallait, chaque jour, gravir la côte, écrasé
sous le faix, tandis qu'il ne portait aucun
poids pour la descendre. Il avait compté,
cette fois, sans la jeune Marthe dont la vue de
cet humble coursier réveilla les instincts
aventureux. L'âne reçut un chargement comme
il n'en connaissait guère et partit au trot,
bâtonné vigoureusement par la vieille, qui

flairait une aubaine. *Bramatuero* galopait en avant avec des coups de gueule qui remplissaient d'échos l'étroite vallée.

Pour la première fois de leur vie, sans excepter le jour où ils avaient conclu si laborieusement la vente d'un tableau, la comtesse de Chalonne et Paul de Chérancy se trouvaient complètement seuls.

— Quelle chère créature que cette enfant ! dit-il, choisissant d'instinct le seul sujet qui ne leur imposât aucune contrainte. Vous ne savez pas combien je l'aime, et combien je l'aimerai toujours !

— Je l'espère bien. Ce sera, d'ailleurs, avant peu de temps, votre devoir, puisque vous deviendrez son oncle.

— Son oncle ? répéta machinalement Paul.

— Oui, ou quelque chose d'approchant. Eh bien ! je crois, en effet, qu'il existe entre vous deux une affection plus qu'ordinaire. J'observais cette enfant, hier soir, tandis qu'elle jouait avec vous; ses yeux rayonnaient

17.

de tendresse. Alors, savez-vous ce que j'ai pensé ?

— Non, répondit Chérancy, qui n'était pas, pour le moment, l'homme des longues phrases.

— J'ai pensé qu'en me faisant venir à Panticosa contre toute... prévision, Dieu devait avoir un but, et que ce but était de donner à cette enfant un protecteur fidèle. Pauvre petite ! Elle est tellement seule dans la vie !

— Seule ! avec une mère comme vous !

— La meilleure des mères n'est qu'une femme, c'est-à-dire quelque chose d'étrangement faible. Restez toujours l'ami de Marthe, vous qui êtes si bon et si fort ! Restez son ami dévoué, même quand les mauvais jours seront passés, quand le bonheur...

— Le bonheur ! s'écria Paul en s'arrêtant sur place. Mais de quoi êtes-vous donc faite, si vous pouvez croire qu'il existera jamais pour moi ?

— Mon Dieu ! gémit Claire en se tordant les mains, avais-je mérité d'entendre cette parole ! Voilà donc l'avenir qui t'attend, ma pauvre Nadia !... Sans lui, perdue ; avec lui, malheureuse à tout jamais, peut-être !

— Malheureuse ? Oh ! non. Que le présent vous éclaire sur l'avenir. Il y a dix jours, malgré vos conseils, vos prières, je fuyais loin de Paris. Vous m'avez dit, hier soir, trois mots : Nadia est libre. Et je pars, je foule aux pieds tout le reste, j'accours payer la dette sacrée, donner mon nom, ma vie tout entière. Si vous n'êtes pas satisfaite, Madame, je vous trouve difficile.

— Ah ! que vous êtes loin du pardon !

— Vous voulez dire de l'oubli, car j'ai pardonné dès la première minute. Pardonner ! ce n'est rien. C'est ensevelir ses morts, après la nuit tombée, sur le champ de bataille. Les ressusciter, fermer les blessures, rattacher les membres aux corps mutilés, voilà ce qui serait l'oubli. Le Christ a pardonné le Calvaire ; il ne l'a pas oublié. La croix qui s'élève partout pour en faire souvenir le genre humain en est la preuve.

— Est-il possible qu'une seule minute ait laissé dans votre cœur un tel flot d'amertume !

— Une minute ! Mais quelle minute ! Celle qui m'a oublié pendant cette minute ne peut me faire le reproche d'avoir donné, durant cinq ans, l'ombre de ma pensée à une autre. Et, pendant ces cinq ans, croyez-vous que je n'ai pas frôlé souvent le vice agréable ou la vertu facile, plus attrayante encore ? Mais ni mes oreilles, ni mes yeux ne m'appartenaient plus. Pour *elle*, au contraire, quelques semaines d'assiduité, quelques manœuvres vulgairement habiles ont suffi. On m'a chassé, dépossédé, renié comme un indifférent, comme un serviteur indigne !

— Erreur d'une minute !

— Mais, pendant cette minute, un autre a pris ma place. Il a été le maître acclamé; moi, le souverain détrôné et mis en fuite !

— Allez! dit Claire, bien des souverains

voudraient aujourd'hui n'avoir pas connu
d'exil plus long. Quelle femme eut jamais un
élan plus sincère, un retour plus rapide? Si
vous saviez comme elle souffre, comme elle
pleure, comme elle maudit l'instant fatal, avec
quelle ferveur tremblante elle vous adore! Ah!
si j'étais homme, je voudrais avoir éprouvé
ainsi celle que j'aime. Que pouvez-vous
craindre, désormais?

— D'elle, rien. Je le crois; j'en suis sûr.
Mais de moi-même?... Demain, à cette heure-
ci, j'aurai repassé les montagnes qui m'ont
séparé, pendant dix jours, du reste du monde
et du reste de ma vie. Dans quelques mois,
sans doute, j'aurai scellé ma destinée. Aurai-je
aussi bien fermé la porte à certains souvenirs, trop doux, ceux-là!... Aurai-je oublié
la noble femme sans laquelle je serais mort?

— Oh! quant à cela, répondit madame de
Chalonne en essayant de sourire, vous savez
bien que je vous ai soigné par procuration.
C'est Nadia seule qu'il faut remercier. Elle

vous a guéri par la main d'une autre.

— Plaignez-la, s'il en est ainsi, que le sort ait choisi trop bien la main qui remplaçait la sienne!...

— Elle y gagne au moins de ne pouvoir plus être condamnée par vous, comme la seule dont la mémoire ait des absences, dit Claire.

Et, tandis que son compagnon, sans répondre, baissait la tête :

— Marthe! cria-t-elle à sa fille, tu t'échauffes trop. Laisse ton âne et reviens près de nous.

L'enfant obéit. L'âne, attiré par son écurie, s'engagea, sans plus attendre, dans les raccourcis pierreux qui le ramenaient au village. La vieille enfouit son gain dans sa poche, et désireuse d'une autre rencontre semblable :

— *Por la mañana!* s'écria-t-elle, en se retournant une dernière fois.

— Demain!... répétait Paul anéanti.

Un mouvement de tête acheva la phrase, et

les promeneurs, faisant volte-face, reprirent
le chemin de l'établissement, presque sans
parler. Chérancy rentra chez lui pour préparer
ses bagages. Marthe alla retrouver sa bonne.
La comtesse gagna la petite église aux murs
blancs, aux enluminures criardes, et, dans
ses doigts, le chapelet donné par Paul le
matin même roula longtemps.

Le soir, Claire fit dire qu'elle se sentait
fatiguée, qu'elle dînerait dans son appartement, et qu'elle priait le voyageur de recevoir ses adieux. Celui-ci, par la même voie,
fit porter les siens à la mère et à la fille.

Il dîna fort mal et ne dormit pas mieux. De
bonne heure, le lendemain matin, la voiture
l'attendait. Il surveilla le chargement de son
bagage, tout en dirigeant un regard abattu
vers une certaine fenêtre dont les volets
paraissaient fermés. Ils venaient, cependant,
de s'entrebâiller d'une fente imperceptible, à
peu près en même temps et avec la même
précaution que leurs voisins.

Le voyageur venait de serrer la main de
l'excellent *señor* Candau en le remerciant encore d'avoir visité si à propos sa poche, un
certain soir. Le cocher n'attendait plus qu'un
ordre pour fouetter son attelage. Il n'y avait
plus aucun prétexte pour ne pas partir, et
cependant Paul ne partait pas, espérant toujours une derrière parole, un dernier signe de
Claire.

— Est-il possible qu'elle ait résolu de ne
pas se montrer? pensait-il. Comment ne de-
vine-t-elle pas combien je souffre, quelle nuit
j'ai passée? Me punir avec cette rigueur pour
quelques paroles que je n'ai pu retenir! Que
craint-elle? Tout est fini maintenant. Je la
connais; je sais qu'elle est sans reproche et
sans faiblesse. Mais qu'aurait-elle perdu à me
laisser voir, un peu de cette tendre pitié qui
comprend la faiblesse des autres?

Il était inutile d'attendre plus longtemps.
Déjà le voyageur avait la main sur la portière
quand il aperçut, à quelques pas, le fidèle

compagnon de sa promenade de la veille. Dieu vous garde de faire connaissance avec certaines minutes sombres où la caresse muette, le regard mouillé d'un chien deviennent une consolation précieuse ! Paul traversait une de ces heures d'amertume.

— Viens, *Bramatuero !* appela-t-il.

En deux bonds énormes, l'animal fut près de lui. Alors, prenant la grosse tête dans ses mains, le voyageur mit ses lèvres sur le poil rude.

— Toi, dit-il tout bas, tu la reverras tout à l'heure !

Tels furent, à défaut d'autres, ses adieux à Panticosa. Une seconde plus tard il était en route, et les maisons blanches, le petit jardin avec ses sorbiers aux grappes de corail, le lac aux eaux grises disparaissaient successivement.

Pendant ce temps-là, celle qu'il était bien près de maudire pour sa froideur pleurait à chaudes larmes, en suivant des yeux la voiture

qui s'éloignait. Claire n'avait plus besoin de
lutter, à cette heure ; elle n'était plus obligée
de se montrer froide, inexorable et dure. Elle
se tenait debout derrière ses volets, dans la
grande chambre où, depuis la veille au soir, la
lampe ne s'était pas éteinte. Elle était bien
belle alors, belle d'un genre de beauté que
personne ne lui soupçonnait. Les tresses
d'ébène de son front s'appuyaient sur son
bras superbe ; une de ses mains pressait sa
blanche poitrine en désordre ; tout son corps
frémissait, à peine voilé par l'étoffe légère du
manteau de nuit dont elle s'était couverte à la
hâte. Elle semblait une admirable statue vivante, mais non plus la statue du Devoir, à
moins que ce ne fût le Devoir vaincu par
l'Amour et cachant sa défaite.

Une heure après, madame de Chalonne,
encore pâle mais aussi calme que jamais en
apparence, traversait le petit jardin et gagnait
le bureau de l'administrateur des bains. Quand
elle en sortit, *Bramatuero* était à elle.

— C'est un caprice de ma fille, avait-elle dit, comme pour excuser cette acquisition encombrante.

L'enfant n'était pas là pour réclamer et pour se plaindre qu'on ajoutât des caprices imaginaires à tous ceux qu'elle avait en effet.

XVIII

Paul et Nadia se revirent quarante-huit heures après les incidents dont le récit précède.

— Mon Dieu! que vous êtes encore pâle et maigri! furent les premiers mots de madame Fresnel.

— Et vous, pauvre amie...! répondit Paul, en baisant les deux mains qui se tendaient vers lui.

De fait, Nadia était la plus changée. Le deuil qu'elle portait, deuil de proche parente plutôt que de veuve, augmentait sa pâleur déjà grande. Sur sa main toujours blanche,

mais moins potelée, ressortait le réseau d'azur
des veines, infaillible et premier indice de
l'automne de la femme. Des fils d'argent, rares
encore, étaient venus; mais, perdus dans l'or
de la chevelure, ils ne faisaient qu'en affiner
l'éclat. On retrouvait tout entier le charme
touchant du visage. Toutefois, la grâce était
devenue résignation; le calme, mélancolie. Il
était visible que la femme avait souffert, que
rien n'ôterait plus jamais à son sourire ce
stigmate indéfinissable que laisse une seule
matinée froide aux fleurs de l'été sur son
déclin. La rose d'octobre est toujours la rose;
mais où sont les parfums de mai?

— Nadia, me voici! fit Paul avec une douceur grave qu'il n'avait pas besoin de chercher hors de lui-même. Me voici pour toujours! Du passé, il ne reste qu'une seule chose:
la tendresse qui nous unit et les promesses
qui nous lient.

— Ah! s'écria-t-elle, comme vous valez
mieux que moi!

Elle sanglotait, la tête appuyée sur la poitrine de son ami. Mais, cette fois, c'étaient des larmes très douces. Paul, la baisant au front, lui répondit :

— Je ne vaux pas mieux que vous. Je vous jure que je n'ai jamais cru valoir mieux que vous, même une seule minute. Mais, si cette pensée m'était venue à l'esprit, elle serait loin, maintenant.

— Pourquoi ? demanda-t-elle, frappé de la conviction avec laquelle Chérancy parlait.

— Parce que je me connais mieux. Mais, continua-t-il, quittant le sujet et regardant autour de lui, je ne trouve plus rien chez vous de ce que j'ai connu jadis. Le feu a-t-il ravagé votre appartement ? Ce salon a fait peau neuve.

— Oui, dit-elle avec un sourire mélancolique. Vous pouvez jeter les yeux dans le plus petit recoin. Tout ce que vous découvrez n'a jamais été aperçu par aucun autre homme,

Paul se sentit, à son tour, ému jusqu'à l'attendrissement.

— Ah! s'écria-t-il, c'est vous qui valez mieux que moi!

— Tous ces changemens n'ont pas été faits pour vous, mais pour moi-même. Vous avez voyagé; vous avez rencontré d'autres aspects. Mais moi...! Moi qui passe mes journées ici sans en sortir, j'avais pris en dégoût le moindre des meubles de ce salon — du salon seulement. Car, Dieu merci! les autres pièces ne peuvent me rappeler qu'une chose: les larmes que j'y versais toute seule.

— Allons! dit Paul, c'est fini! Pour la dernière fois de notre vie, nous avons évoqué certains souvenirs. Sur l'honneur, je ne vous en parlerai plus. A partir d'aujourd'hui un nouvel avenir commmence.

Ils dînèrent ensemble, comme ils l'avaient fait si souvent. Paul eut les plats qu'il aimait. Dans chacun des regards, des gestes de son amie, il devinait qu'elle eût souhaité de le servir à genoux.

Le temps du repas s'écoula tout entier,

pour lui, à raconter l'histoire de sa maladie.

— Quelle femme que cette Claire! fit Nadia. Nous lui devons tout. Vous savez ce qu'elle a fait pour vous; mais si vous lisiez les lettres qu'elle m'a écrites!... Plus tard je vous dirai bien des choses. Ce qui m'étonne, c'est qu'elle ne vous ait pas confié le moindre message pour moi.

Paul n'avait rien à répondre. Il se tut et, de tout le reste de la soirée, il ne fut plus question de la comtesse entre eux. D'ailleurs, ils ne tardèrent point à se séparer, car le voyageur, convalescent encore, avait besoin de repos. Il prit congé, par un chaste baiser au front de celle qu'il considérait désormais comme sa fiancée. Ni l'un ni l'autre ne se dirent le lendemain quelles pensées avaient chassé, durant toute la nuit, le sommeil loin de leurs yeux.

XIX

Septembre commençait à peine ; Paris était vide. S'il existait un lieu que Paul et Nadia auraient eu raison de fuir, à coup sûr, c'était Paris. Tous deux avaient besoin de l'air pur et des sites calmants d'une nature tranquille. Mais tous deux, après s'être revus, éprouvaient, sans se l'avouer, un même sentiment : la terreur de la solitude ou, pour mieux dire, du tête-à-tête.

Hélas ! pour eux commençait le rude apprentissage des plaies à cacher, des sourires à feindre, des rêveries suspectes à inter-

18

rompre ; l'incessante précaution d'éviter certains noms, certaines paroles qui amenaient
un silence de mort après eux. Ils l'avaient
compris dès leur première entrevue et, cou-
rageusement, ils accomplissaient leur tâche.
Dans chacun de ces deux nobles cœurs, une
même pensée dominait les autres :

— A tout prix, je *lui* dois le bonheur. Quant
à moi? qu'importe !

Aussi, entre eux, quel assaut de tendresse,
de prévenances, de douceur, de sourires
même ! Et, quand ils s'étaient quittés, quelle
tristesse amère ! chose plus cruelle encore :
quelle lassitude ! S'éloigner de Paris ! Comment l'eussent-ils osé ? Là, du moins, les convenances, les nécessités de la vie les séparaient
pendant de longues heures. Ils pouvaient, à
de fréquents intervalles, desserrer l'armure,
déposer le masque étouffant. Mais le contact
continuel, le tête-à-tête sans relâche au fond
d'une vallée perdue du Tyrol, dans quelque
village ignoré de la côte, comme autrefois !...

La seule pensée d'affronter cette épreuve les trouvait sans force.

Et cependant il fallait à leurs poumons autre chose que l'air vicié des rues chaudes. Chaque jour, dans les sites pittoresques des environs de Paris, ils faisaient de longues promenades. Mais, sur les pentes fraîches mourant au bord du fleuve, sous les chênes majestueux de Saint-Germain, au flanc des côteaux verts de Marly, une pensée constante les suivait. Nadia ne cessait de revoir son incompréhensible défaillance. Paul, plus à plaindre encore, était obsédé par la vision douloureuse de deux femmes : l'une, dont il fallait pardonner la demi-trahison, l'autre dont il fallait oublier la bonté touchante, le charme inaltéré, radieux. Et de ces deux tâches, il le sentait bien, la première n'était pas la plus difficile.

Lorsque, parfois, attardés par le hasard de la promenade, les deux compagnons s'asseyaient, pour dîner, dans quelque auberge champêtre, Chérancy retrouvait devant ses

yeux la petite table de Panticosa, ce premier
repas de convalescent pris en face de Claire,
dont les yeux noirs, illuminés de plaisir, sui-
vaient chaque morceau porté aux lèvres de
son malade. Instinctivement, il cherchait la
gaieté contenue de la petite Marthe, attentive
à ne pas fatiguer son grand ami. Car il ne
pouvait pas se figurer la mère sans la fille et,
dans les rêves impossibles où trop souvent
son cœur s'égarait, il ne les séparait point
l'une de l'autre.

Un jour, à Montmorency, la vue d'une jolie
fillette chevauchant sur un âne le fit pâlir. Il
cherche des yeux la vieille Espagnole, et
Bramatuero, et — surtout! — une jeune
femme brune, à la taille élancée, au sourire
tantôt si doux, tantôt si triste. Tous, hélas! ils
étaient loin !

Le hasard, éternellement jeune et sans pitié
dans ses espiègleries sanglantes, n'épargnait
pas non plus à la pauvre Nadia les coups de
sa fronde. Il arriva qu'en traversant une

prairie dans les parages de Louveciennes, ils
aperçurent un escadron de poulains qui brou-
taient l'herbe au milieu d'une vaste enceinte.
Madame Fresnel avait toujours aimé les chevaux. Elle voulut savoir le nom du proprié-
taire du haras.

— Vous voyez, lui répondit un faucheur qui
coupait le regain, l'établissement de courses
du vicomte de Saint-Rieul.

Ce nom, si peu attendu, produisit sur Nadia
l'effet qu'on devine. Elle se souvint. Rien que
pour avoir entendu ce nom prononcé par elle,
un homme néfaste avait disparu de sa vie. Mais
elle se souvint aussi qu'elle s'était juré d'apprendre à Chérancy comment, par l'aide de
qui, Roqueservière avait été mis en fuite.
Alors, avec son éternel désir d'être très franche
et de ne s'en faire accroire en rien, elle raconta toute l'histoire de Saint-Jean-de-Luz et
l'étrange intervention de Claire.

A sa grande surprise, Paul n'eut pas l'air
étonné. Mais pour la première fois, il fit preuve

18.

d'une apparence de sévérité envers madame
de Chalonne.

— Je connaissais l'aventure, dit-il, et, n'estimant pas qu'elle fût glorieuse pour personne,
je l'avais gardée dans mes archives. Les secrets qui touchent à l'honneur d'une femme
devraient être sacrés pour tout le monde, pour
une autre femme surtout !

— Voilà, pensa la pauvre pénitente, ce que
Claire gagne à son dévouement et ce que je
gagne à ma franchise. Ah ! décidément, le silence vaut mieux pour nous tous !

Quelque temps après, lisant un journal à
haute voix, — talent de société qu'il ne prati-
quait pas jadis, — Paul tomba sur un récit
d'accident de chasse en Poitou, dans les pro-
priétés du même vicomte de Saint-Rieul. Un
invité de l'opulent châtelain, le marquis de Roqueservière, avait reçu dans le côté la charge du
fusil du vicomte. Là-dessus, disait le journal,
grand émoi parmi les chasseurs, profond désespoir chez l'auteur de l'accident. Heureuse-

ment, le coup avait porté sur une poche où se trouvaient des papiers en liasse épaisse. La blessure, à moins de complications, n'offrait pas de dangers sérieux.

— Maladroit ! gronda Paul en haussant les épaules.

Nadia devint pâle comme une morte et fondit en larmes.

— Voilà un beau motif de pleurer ! dit Chérancy en se contraignant pour rester calme. Tous les ans, nous voyons des braconniers tuer des gardes. Cette fois, c'est le braconnier qui a reçu le coup de fusil.

— Ah ! répondit Nadia tout en s'essuyant les yeux, ce n'est pas le coup de fusil qui me fait pleurer. C'est la parole que vous avez dite. Nous en sommes donc encore là !

Elle écrivait à sa cousine, le même soir :

« Tu as lu cette horrible histoire d'*accident de chasse !* Elle m'a bouleversée à ce point que je viens me dégonfler avec toi, silencieuse

amie. J'ai besoin de crier à quelqu'un que je
maudis ce dérangement du cerveau humain
qu'on nomme l'amour. Je maudis notre sexe
qui, depuis la première femme, sème le mal
autour de lui. Un gentilhomme trompe lâche-
ment son ami. Le gentilhomme trompé, froidement assassine Un troisième lit l'affreux récit
en ma présence et sais-tu quelle exclamation
lui échappe? « Maladroit ! » Voilà tout ce que
sa conscience lui suggère, parce que le désir
de la vengeance le ronge, lui aussi !

» Et voilà le cœur ulcéré, meurtri, toujours
saignant, sur lequel, pour la vie, je vais ap-
puyer ma tête !

» Je te jure que je serais déjà loin de ce
monde odieux, si je suivais mon envie. Ma
pauvre Claire ! si tu savais comme je suis
malheureuse ! Si tu savais comme je pleure
quand je suis seule ! comme je pleure à cette
minute même où je t'écris? Ah ! je le sens :
tout est fini ! Tout bonheur ici-bas est mort
pour moi, non qu'il ne m'aime encore, lui,

l'être noble et généreux malgré tout. Cette rancune même est une preuve que l'amour persiste. Mais moi...! Quelque chose est brisé dans ma personne misérable; je ne m'estime plus; je n'ai plus confiance en moi-même; je ne vibre plus à aucun souffle. Mon Dieu! où sont-ils, mes enthousiasmes d'autrefois? Mon aberration d'une minute a fait fuir le rêve; la vie m'apparaît dans sa réalité navrante. Le charme est rompu!

» Mais tu seras seule à savoir ma souffrance. Je me dois à Paul et je payerai ma dette, puisqu'il la réclame. Il aura, je le jure, la plus dévouée, la plus fidèle des femmes. Ah! fidèle! ce ne sera pas malaisé, maintenant. Quand les ailes de l'oiseau pendent mutilées, on peut sans crainte laisser la cage ouverte! »

Cependant les feuilles commençaient à jaunir; les jours étaient moins beaux; les promenades devenaient plus rares et plus courtes.

Avec le même héroïsme réciproquement ignoré,
Paul et Nadia continuaient la tâche douloureuse
de se tromper l'un l'autre. Si la religion du
sacrifice humain, comme l'autre, avait ses
martyrs et ses saints, les deux êtres dont je
conte la torture eussent mérité des autels.

« Rien à demi ! » Telle était leur devise,
devise fatale ou glorieuse ! Elle condamne
souvent ceux qui la portent écrite au front à
mourir jeunes, pour avoir trop joui ou pour
avoir trop souffert.

Depuis longtemps, madame de Chalonne
était de retour à la Prée, et sa noire tristesse,
de jour en jour plus évidente, frappait tout le
monde. Jamais, depuis les premiers jours de
son veuvage, elle n'avait paru plus accablée.
Au commencement de janvier, elle reçut une
lettre qui n'était pas pour rendre le repos à
son âme. Chérancy lui écrivait :

« Demain expire la première année du deuil
de votre cousine. J'ai voulu attendre ce jour-

là pour lui dire et pour entendre d'elle les mots qui nous lieront à tout jamais. Demain je ne m'appartiendrai plus ; mais aujourd'hui, rigoureusement, je m'appartiens encore. J'ai, pour vingt-quatre heures, le droit de penser, de me souvenir, de parler... A quoi cela sert-il ? direz vous. Évidemment à rien. Cependant ceux-mêmes qui vont mourir éprouvent le besoin de laisser la trace de la pensée dernière qui s'est agitée dans leur âme. Elle se résume pour moi dans un désir : être certain que je vous laisse contente de moi. Seulement cela. Je devrais peut-être vous remercier de nouveau de ce que vous avez franchi les monts pour me sauver la vie. Excusez-moi, Madame ; je ne vous en remercie pas. Vous m'avez guéri, mais vous m'avez fait payer cher ma guérison.

» Vous m'avez laissé faire seul cette veillée funèbre qui a précédé mon départ. Vous m'avez laissé fuir Panticosa sans abandonner une dernière fois votre main à mes lèvres. Panticosa ! le même nom peut-il apporter tant de douceur à l'oreille, tant d'amertume au cœur ?

» Comme la femme du sonnet que vous m'avez fait répéter deux fois un certain jour, vous allez votre chemin sans entendre ce qu'il ne faut pas entendre, sans voir ce que vous ne devez pas voir. Venue pour guérir un malade, au lieu et place d'une absente, vous avez disparu, l'œuvre accomplie. Tant pis pour le malade s'il emportait avec lui le germe d'un autre mal plus incurable !

» Vous souvient-il de notre déjeuner sur le gazon, le jour de votre fête, et des roses de Marthe — la surprise — cachées dans le papier qui les cachait si mal ? Il ne fallait pas les apercevoir et vous ne les avez pas aperçues. Vous n'avez pas demandé : « Pour qui ces fleurs ? » Et quand elles ont apparu, quel étonnement bien joué !

» A Panticosa aussi, des fleurs se cachaient — pas beaucoup mieux — tout près de votre main ; pauvre fleurs écloses dans la tristesse !

Mon dernier acte d'homme libre, d'homme qui peut parler encore aujourd'hui, est de vous dire : « Les fleurs étaient pour vous ! Gardez- » les, Madame ; ce sont les dernières qui » s'épanouiront dans ma vie. »

» Maintenant, adieu ! Je vais sceller mon sort. Je vais me donner, puisqu'on persiste à vouloir de moi. Don misérable ; mais l'abandon serait pire encore. Et puis, vous ne seriez pas contente, vous la loyauté incarnée. Tandis qu'à ce prix, j'aurai toujours votre estime, et je verrai de loin votre sourire si pur, si sévère parfois, et pourtant le plus doux que j'aie connu sur les lèvres d'une femme. Adieu ! Mettez un baiser au front de Marthe et dites-lui que je l'adore. Je laisse flotter entre nous deux l'éternel écho de cette parole suprême.

» CHÉRANCY. »

— Ah ! les malheureux ! s'écria Claire après avoir lu cette lettre.

19

Elle resta seule plusieurs heures, enfermée
chez elle, permettant à son chagrin de parler
à l'aise. De jour en jour elle savourait davantage la triste joie de souffrir librement. Elle
se grisait de cette médecine amère comme
d'autres femmes piquent leur veine avec le
poison qui endort. Elle avait fait avec sa
conscience un marché qui la calmait. N'avait-
elle pas le droit d'aimer Paul puisqu'il devait
l'accuser toute sa vie de froideur et de cruauté ?
Chaque élan de son cœur était payé d'une larme.
Qui pouvait faire autre chose que l'en plaindre ?

On dirait que certaines pensées envahissent
l'air à la façon d'un parfum subtil. Claire
n'avait point parlé à sa fille de la lettre qu'elle
avait reçue, moins encore de ce qu'elle avait
éprouvé en la lisant. Pourquoi, ce soir-là,
seule avec sa mère qui assistait toujours à sa
toilette de nuit, l'enfant se mit-elle à faire
mille questions sur Chérancy ? O mères, comme
elles vous font baisser la tête quelquefois, ces
questions enfantines ! Comme il y en a parmi

vous qui les fuient misérablement ou qui les
détournent avec rudesse ! Entre madame de
Chalonne et sa fille cette honte n'existait pas,
et Marthe eut libre carrière pour bavarder à
son aise. Pendant une heure Claire fut heureuse, heureuse entre les deux êtres les plus
chers qu'elle eût au monde, l'un dont elle tenait la main, l'autre dont le nom caressait
doucement son oreille. Elle était heureuse
sans remords, car elle croyait sentir un amour
dominer tous les autres dans son cœur : l'a-
mour de sa fille.

A la fin, Marthe se fatigua de parler. Sa
jolie tête brune s'enfonça dans l'oreiller, plus
pesante. Pendant quelques minutes la mère
attendit, trouvant, cette fois, que le sommeil
venait un peu trop vite. Soudain la fillette ouvrit les yeux :

— Maman, fit-elle, je voulais vous demander une chose. Que diriez-vous si j'essayais, en
m'appliquant bien, d'écrire demain une lettre
à monsieur Paul ? Vous corrigerez mes fautes.

— Tu peux essayer, répondit madame de Chalonne en mettant un baiser sur le front de sa fille. Maintenant, dors, mon ange aimé.

Le surlendemain, Paul reçut la prose de sa jeune amie, quatre grandes pages. Marthe écrivait une ligne sur sa mère, quatre sur elle-même, le reste sur *Bramatuero*. Claire s'était fait un cas de conscience de s'abstenir de toute collaboration. A peine pouvait-on voir la trace de sa main à quelques terminaisons redoutables de participes, ratures précieuses que Chérancy étudia avec un zèle de paléographe.

« Enfin, concluait Marthe, c'est *Bramatuero* qui vous a remplacé. Vingt fois par jour je lui demande : Où est monsieur Paul? Aussitôt il aboye et remue la queue. Maman le caresse alors, et dit qu'elle n'a jamais vu mémoire pareille chez un chien. »

Dieu sait que cette missive enfantine ne contenait aucun mystère, et cependant Paul ne la fit point voir à Nadia quand il vint chez

elle peu d'heures après l'avoir reçue. Il arrivait, ayant décidé qu'ils ne se quitteraient
point sans que leurs paroles formelles fussent
échangées et les derniers arrangements pris.
Mais, tout en entrant dans le salon de Nadia,
il s'aperçut qu'elle était dans un abattement
extraordinaire.

—Qu'avez-vous, chère amie? demanda-t-il.

Sans rien répondre, elle tendit un journal
où se lisait encore une fois un nom qu'elle
semblait condamnée, qu'elle était condamnée
en effet, à n'oublier jamais : Roqueservière
était mort.

La blessure due à « l'imprudence » du
vicomte était plus grave qu'on ne l'avait cru
d'abord. Un poumon avait été compromis et,
l'hiver approchant, les médecins avaient con-
seillé le séjour de Cannes. Mais, au lieu de se
rétablir, le blessé était allé s'affaiblissant de
plus en plus. La toux mortelle avait pris le
dessus, et le bel Edmond avait rendu l'âme,
emportant — du moins le reporter prenait

sur lui de l'affirmer — « les regrets unanimes
de tous ceux qui l'avaient connu ».

Apparemment il fallait en rabattre, car,
après avoir parcouru la notice funèbre, Paul
fronça les sourcils et, le regard perdu dans le
vide, oubliant qu'il n'était pas seul, il murmura :

— Pas si maladroit déjà, Saint-Rieul !

— Oh ! mon Dieu ! il ne pardonne même
pas aux morts ! gémit Nadia.

Chérancy ne put s'empêcher de frémir à ce
reproche.

— Oubliez cette indigne parole, dit-il, soudain rappelé à lui-même. Écoutez-moi, Nadia.
Aujourd'hui votre année de veuvage est ter-
minée. Cette heure est celle que j'attendais
pour vous demander d'être ma femme. J'entrais ici, je vous le jure, avec cette parole sur
les lèvres. Hélas ! pauvre amie ! nous redeve-
nons tous plus ou moins sauvages, nous autres,
quand il s'agit de la femme qui est à nous, qui
va être à nous. Ah ! tenez ; je ne puis m'empê-

cher de croire que ce journal nous apporte un présage heureux. Peut-être me suis-je montré barbare dans ma joie. Mais j'ai tant souffert, je souffrais tant de penser qu'un autre homme vivait, qui vous a entendu dire...

— Par pitié, interrompit Nadia, n'ajoutez rien de plus. Et, puisqu'il fallait la mort d'un homme pour vous rendre le bonheur possible, eh bien ! soyez heureux. Pour moi, jusqu'à la dernière de mes heures ou des vôtres, je vous donnerai tout ce qu'il y a de meilleur en moi, mon cher Paul.

Il ouvrit ses bras sans répondre, et la nouvelle fiancée fut saisie au cœur d'éprouver une impression de froid sous le baiser qu'elle recevait.

— Quoi d'étonnant? pensa-t-elle... Nous échangeons notre foi en présence d'un cercueil. Ah ! rêves d'autrefois, où êtes-vous?

XX

A deux personnes seulement, à son vieil
ami Sireuil et à la comtesse, Nadia fit part
aussitôt de ses projets d'union nouvelle.

Sireuil accourut, le jour même, chez la
future madame de Chérancy, et la félicita
chaudement.

— A la bonne heure! s'écria-t-il. Aucune
nouvelle ne pouvait me causer plus de joie.
Le sort vous devait une compensation; il vous
l'apporte complète, ce qui n'est guère dans
ses habitudes. Vous voilà rentrée dans votre
monde qui avait trouvé le nom de Fresnel un

peu court même avant que ce nom devînt malpropre. Chérancy a du talent, de l'esprit, de la fortune. Enfin, pour couronner le tout, il vous aime ; d'un amour ancien, je le soupçonne ; d'un amour fidèle, j'en réponds.

— Ah ! mon pauvre Sireuil, répétez-le-moi. J'ai si besoin d'en être sûre !

— Entre nous, chère amie, si vous n'en êtes pas sûre, ce n'est pas faute d'avoir mis le candidat à l'épreuve ; une double épreuve même : celle de l'eau et celle du feu.

— Que voulez-vous dire ?

— Mon Dieu !... Nous causons comme de vieux amis, n'est-ce pas ? L'eau, ce fut Roqueservière. Je n'insiste pas ; je ne sais rien. Mais j'ai tout lieu de supposer que ce brave Chérancy a dû recevoir, une fois dans sa vie, un joli seau d'eau froide.

— Ah ! taisez-vous, dit Nadia : quels souvenirs !

— Laissons l'eau de côté si le sujet n'est pas de votre goût. Mais, quant au feu, par

19.

exemple, s'il faut vous l'avouer, j'ai bien cru, à Cauterets, que votre cousine et votre ami couraient tout droit à un bel incendie.

— Vraiment !

— Mais, chère amie, vous êtes étonnante ! Moi, je vous le déclare : à la place de Chérancy, j'aurais complètement perdu la tête. On dirait, ma parole, que vous n'avez jamais regardé la comtesse !

— Oh ! si, répondit lentement Nadia. Je l'ai regardée plus que vous ne pensez. Et j'ai rarement vu de femme plus belle.

— Eh bien ! croyez-vous, par hasard, que votre Paul est aveugle ? Trouvez-vous — le jugement pourrait surprendre de votre part — qu'il manque de séduction ? Joignez à l'attrait mutuel des personnes le romanesque de la rencontre. D'un côté, la tristesse, l'isolement, le seau d'eau froide encore ruisselant sur les épaules. De l'autre, la pitié, l'estime l'admiration ; car Chérancy, dans l'espèce, a été ce qu'on appelle un homme, vous savez !

C'était déjà beaucoup. Mais la suite...! Mais Panticosa...! Cette femme adorable qui franchit les torrents et les précipices, qui veille le malade nuit et jour dans un désert, qui le soigne, qui le sauve à elle toute seule, tandis qu'avec vos manies de fierté que je devine — et que je comprends — vous attendez superbement qu'on vienne détacher votre voile de veuve!... Si ce n'est pas une épreuve, que vous faut-il donc?

— C'est vrai, répondit Nadia rêveuse.

Elle eut bien d'autre motifs pour rêver en lisant la lettre qu'elle reçut de la Prée le lendemain. Ce n'était pas qu'elle pût se méprendre sur la sincérité de la satisfaction manifestée par sa cousine. Seulement la réponse de Claire se terminait par ces mots :

« J'ai bien peur qu'il me soit impossible d'assister à ton mariage. L'hiver s'annonce comme très rigoureux. C'est à peine si notre climat bordelais est assez doux pour Marthe, dont la santé continue à réclamer de grands soins. D'ailleurs, tu dis toi-même que tu désires, autour de ton union, moins de joie que de prières. Les miennes ne te manqueront pas et vaudront mieux pour toi que la vue d'un visage triste. Le mien pourrait-il ne pas l'être en cette occasion, qui me rappelle ce que j'ai souffert? Oh! ma bien-aimée, sois heureuse, soyez heureux! Après le bonheur de mon enfant, c'est le vôtre que je désire le plus au monde! »

– Encore une fois — la dernière fois de sa vie — Nadia fit voir son caractère de femme emportée, impérative et jalouse. Elle prit sa plume et traça d'un trait, sans réfléchir, les lignes suivantes :

« Claire, si tu aimes cet homme, dis-le! Tu sais quel secret fardeau je porte à l'autel. Ce poids est assez lourd déjà! Mais s'il faut lutter contre l'avenir, contre les autres, et non pas

seulement contre le passé, contre moi,
j'abandonne la partie. Un mot dit par Sireuil,
ton refus si peu vraisemblable, me font entre-
voir des abîmes. Je t'adjure de me répondre.
L'aimes-tu ? T'aime-t-il ? Est-ce que, grand
Dieu ! sans faire mon bonheur à moi, je suis
sur le point de faire le malheur de deux êtres
pour lesquels je donnerais ma vie ? »

« Tu es une folle, écrivit la comtesse. Ma
réponse, la voilà ! Pour te dire le vrai, je suis
ravie de te voir de nouveau jalouse. Je suis
tranquille maintenant; la Nadia du bon vieux
temps n'est pas morte ! Puisque tu le veux
absolument, j'irai te servir de mère, ou de
sœur plutôt, chérie; de la plus tendre, de la
plus fidèle, de la plus dévouée des sœurs. »

Au « bon vieux temps », Nadia n'eût pas été
si facilement rassurée qu'elle le fut par ces
lignes qui semblaient sourire de son émoi.

Heureusement, elle ne pouvait voir le visage
de celle qui écrivait d'un style si plaisant, ni
entendre ses plaintes étouffées. D'ailleurs, le
malheur actuel, présent, suffisait; l'imagination n'avait pas besoin d'en évoquer d'autres.
Quel raffinement d'amertume! A la seule idée
qu'elle pouvait perdre Paul, cent fois, jadis,
son cœur s'était arrêté. Et, la sécurité venue,
tout danger disparu, ce cœur glacé refusait
de battre!

Le jour du mariage était fixé. Deux semaines
avant la date indiquée, l'hôtel Vouillemont
vit débarquer la comtesse, accompagnée d'une
grande personne de onze ans dont la santé,
quoi qu'on en eût dit, paraissait des plus solides. Une heure après, la mère et la fille arrivaient chez Nadia, où elles trouvèrent Paul.
Ferme et résolu à tout, comme le soldat qui
va risquer sa vie, celui-ci néanmoins chancela
sous le premier regard de Claire, qui jouait
son rôle en femme sublime. Quant à Marthe,
elle faillit étouffer son ami, et, toute à ses sou-

venirs, se mit à parler de Panticosa, de Cauterets, de façon à faire croire qu'on n'était
pas réuni pour autre chose.

On eût dit que les deux cousines s'étaient
donné le mot pour ne pas entendre cette conversation pleine d'à-propos. Elles parlaient
très haut — Dieu sait avec quel intérêt — des
toilettes qu'elles mettraient pour le grand
jour. La cérémonie devait avoir lieu dans la
chapelle d'un couvent de la rue de Sèvres.

— Quelle idée? demanda Claire.

Nadia, baissant la voix, répondit :

— Depuis six mois, j'ai passé là bien des
heures. Ces murs ont connu tous les secrets
de mon âme. A cet autel j'avais promis qu'il
servirait à mon sacrifice : qu'il me verrait
mariée à Paul ou fiancée à Dieu. Je tiens ma
promesse.

Au bout d'une heure, madame de Chalonne
sortit pour des courses pressantes. Chérancy
n'était plus là depuis quelque temps.

— Je te laisse Marthe, dit la comtesse à sa

cousine. Je viendrai la reprendre à six
heures.

— Tu viendras, tout au contraire, dîner
avec moi, Sireuil et ton futur cousin. Je les ai
invités en ton honneur. D'ici là, nous allons
causer, cette grande personne et moi.

Marthe sourit, très flattée, et, sa mère partie, elle s'assit près de sa tante avec le sérieux
d'une visiteuse de trente ans.

— Je suppose, dit Nadia, que tu as été gran-
dement surprise en apprenant pourquoi l'on
t'amenait ici.

— Mais, tante Nadia... un peu, répondit
l'enfant, qui avait le défaut maternel de ne
pouvoir mentir.

— N'es-tu pas contente d'avoir un oncle
qui t'aime déjà bien ? Car je vous ai vus causer
tout à l'heure comme de vieux amis.

— Oh ! ma tante... certainement... je serai
contente.

— Tu ne réponds pas de bon cœur, Marthe,
toi qui es toujours si franche ! En veux-tu,

pour un motif quelconque, à monsieur de Chérancy ?

Les yeux de la petite devinrent brillants, ses
joues toutes roses.

— Moi, lui en vouloir ! s'écria-t-elle en
joignant les mains. Depuis la mort de papa,
c'est l'homme que j'aime le plus au monde.

En voyant cette fougue et cet enthousiasme,
Nadia crut découvrir chez sa nièce une de ces
belles passions de la dixième année, comme
elle en avait connu pour son compte, autrefois.

— Allons ! viens sur mes genoux, dit-elle,
et fais-moi tes confidences. Depuis quand ton
amitié pour monsieur de Chérancy est-elle si
grande ?

— Depuis que je l'ai vu bien malade, et surtout depuis...

— Allons ! parle. J'ai été petite fille comme
toi. Tu peux tout me dire.

— Depuis que je l'ai vu pleurer, un soir,
à Panticosa.

— Vraiment ! Et pourquoi pleurait-il ?

— Parce que l'oncle Fresnel était mort.

— Ah ! fit Nadia très attentive. Conte-moi cela.

— Un soir, après dîner, j'étais si lasse d'avoir couru dans la montagne que je me suis endormie dans un fauteuil. Tout d'un coup, je me suis réveillée et j'ai entendu maman qui disait : « Nadia est veuve ! »

— Et alors ?

— Alors, je n'ai pas bougé, tant j'étais surprise. Monsieur de Chérancy non plus n'a pas bougé. Il semblait encore plus surpris que moi.

— Que disait-il ?

— Il disait : « C'est bien ; je vais partir. » Mais il baissait la tête et avait deux grosses larmes sur les joues.

Nadia ferma les yeux, tressaillit et garda le silence quelques secondes. Puis, d'une voix qui n'était plus la même, elle demanda :

— Et ta mère ?

— Maman ne pleurait pas tout à fait. Mais

elle en avait bien envie. Elle ne disait rien et
se retenait de toutes ses forces.

— Tu ne leur as pas demandé ce qui leur
faisait tant de peine à tous deux ?

— Oh non ! tante Nadia. C'était bien facile
à comprendre. Ils avaient du chagrin de ce que
l'oncle Fresnel était mort.

Nadia reprit haleine un instant. Le coup
était rude. Au lieu du babil d'une heure avec
une fillette amusante, elle trouvait une révélation qui allait changer toute sa vie. Cependant
elle eut un éclair de scrupule et se demanda
s'il était permis de continuer ce dangereux in-
terrogatoire. Qu'avait découvert l'enfant ? Quel
secret plus grave avait-elle surpris ? N'était-ce
pas un devoir de laisser dormir à jamais dans
cette âme pure certains souvenirs faits peut-
être pour troubler l'amour filial ? Mais non ! il
fallait tout savoir, et, d'ailleurs, Nadia connaissait la mère de Marthe. Les actions de celle-là,
ses paroles, ses pensées même, tout pouvait
être mis au grand jour.

— Ont-ils pleuré longtemps? demanda madame Fresnel en serrant sa nièce dans ses bras avec une ardeur étrange. Raconte-moi tout.

— Je vous ai tout raconté, tante Nadia. Voyant que j'avais les yeux ouverts, maman m'a touché l'épaule pour m'éveiller tout à fait et m'a emmenée pour faire ma prière et me mettre au lit.

— Et le lendemain ?

— Le lendemain, nous avons encore fait une promenade tous trois ensemble et, quand nous sommes rentrés, monsieur de Chérancy nous a dit adieu. Ce soir-là, j'ai dîné toute seule avec maman. Quant à lui, le jour suivant, de bonne heure, il est parti.

— Sans vous avoir revues, ni ta mère, ni toi ?

— Il était trop matin. Mais je vais vous dire une chose que maman ignore. Je ne dormais pas, car j'étais fort triste. Monsieur de Chérancy est tellement bon ! il semblait avoir tant de peine ! Si bien que, en entendant les grelots des chevaux, je me suis levée tout doucement, et j'ai entr'ouvert les volets, à peine. Ma bonne ne s'est pas éveillée. Alors j'ai pu le voir encore une fois. Il est monté en voiture ; puis il est redescendu pour embrasser *Bramatuero*...

— Qui est-ce, *Bramatuero ?*

— Un gros chien qui se promenait avec nous, la veille, et qui m'aimait beaucoup, qui m'aime beaucoup, plutôt, car il est à la Prée. Maman l'a acheté le jour même du départ de...

— Tu lui avais demandé de l'acheter ?

— Non. C'est elle qui en a eu l'idée.

— Ah ! ma pauvre Claire ! pensa Nadia. Tu avais fait comme ta fille. Tu t'étais levée tout doucement, et tu avais vu le baiser donné au chien !

La nièce était toujours dans les bras de sa tante, mais elles ne parlaient plus ; l'histoire était finie. Dans le petit salon, faiblement éclairé par le jour mourant et par le feu de

l'âtre, un silence profond régnait. Nul n'aurait pu lire ce qui se passait dans l'âme de
Nadia, car elle avait le visage caché dans les
boucles brunes de la petite. Mais l'enfant a
raconté depuis qu'elle entendait le cœur de sa
tante battre avec une force étrange.

Tout à coup, Marthe se sentit presque
étouffée dans une étreinte désespérée. Sur son
front, elle reçut le baiser de deux lèvres brûlantes qui murmuraient :

— Chère enfant! Chère ange de vérité, de pureté, d'innocence! Que ne peux-tu rester ce que
tu es aujourd'hui... ce que j'étais autrefois !

Alors, avec une sorte d'épouvante qui la
rendait pétrifiée, Marthe fut témoin d'une
explosion de larmes et de sanglots qu'elle ne
devait jamais oublier durant sa vie. Sur la
poitrine convulsivement agitée de la pauvre
femme à qui tout manquait désormais, excepté Dieu, le corps de l'enfant était secoué,
comme une frêle barque sur les flots soulevés
par la tempête.

Ce que Nadia pleurait, en ce moment, c'était quelque chose de plus qu'un amour, c'était *l'amour*, autrement dit la vie, car l'amour est la vie de la femme. Depuis de longs mois, ses larmes coulaient, silencieuses, sur son propre cœur mort, sur ce cœur que le mariage allait recevoir demain comme le cercueil jonché de roses reçoit un cadavre chéri, embaumé pieusement. Elle avait cru que le reste de sa vie se passerait à veiller tendrement sur cette dépouille de sa jeunesse. Mais, soudain, les paroles d'une enfant lui faisaient voir qu'il fallait renoncer même à ce pâle bonheur, se séparer du dernier souvenir de sa courte joie passée. Et sa douleur, une dernière fois, s'exaspérait, comme il arrive à cette minute suprême, où l'être pleuré semble mourir de nouveau, la minute où des mains cruelles font disparaître pour jamais cette moitié de lui qui restait encore.

L'orage ne fut pas long. Madame de Chalonne pouvait rentrer à chaque minute. Une

dernière fois, Nadia se vainquit elle-même.
Pour elle, désormais, les combats étaient finis,
l'heure de la suprême retraite sonnée. Bientôt
elle put parler.

— Marthe, dit-elle, quand ta mère va rentrer, ne lui dis pas ce que tu viens de voir.

— Oh ! tante Nadia, je vous obéirai en tout.
Mais, pour l'amour du ciel, ne pleurez plus !

— Sois tranquille, ma chérie. Nul être humain ne me verra plus pleurer.

XXI

La comtesse de Chalonne rentra quelques
minutes avant l'heure du dîner.

— Pas habillée? demanda-t-elle à sa cousine, qu'elle trouva plongée dans un fauteuil
au coin du feu, avec Marthe encore sur ses
genoux. Moi, je viens de passer à l'hôtel pour
changer de robe. Fi! la paresseuse! On dirait
que c'est toi qui as voyagé et que...

— Et que c'est toi qui te maries. En effet,
comme tu es jeune, élégante et jolie, ma
Clairon! Comment veux-tu qu'on lutte avec
toi? J'y renonce, et je garde ma robe de laine.

20

Tant pis pour moi si mes invités te prennent pour la future !

— Ma fille ne t'a pas ennuyée ?

— Certes non. Nous voilà redevenues grandes amies, maintenant. Tu ne veux pas me la donner, ta fille ?

— Oh ! mon trésor ! s'écria Claire en embrassant la petite qui venait de quitter les genoux de sa tante.

— Gourmande ! fit Nadia. Tu veux tout garder pour toi seule.

Paul entrait au même instant. Le regard par lequel sa fiancée l'accueillit lui causa, dès le seuil, un trouble inexprimable. Elle avait sur son visage la même expression d'abattement, de tendresse navrée, d'adieu, qu'il lui avait vue le jour où elle sanglotait à ses pieds, sur le tapis, un an plus tôt.

Les souvenirs de cette heure émouvante reprirent possession de lui, mais seulement par leur côté généreux et sublime. Une fois de plus, il se jura de réchauffer, de consoler ce cœur malade. Il baisa la main que Nadia lui tendait et murmura de façon à ce qu'elle pût entendre :

— Pourquoi êtes-vous triste ? Nous voici l'un à l'autre pour toujours.

Elle le regarda quelques secondes sans parler.

— Ah ! dit-elle enfin, comme vous avez bien gagné la récompense qui va être la vôtre !

A son tour, Lucien Sireuil arriva ; presque aussitôt l'on se mit à table. Le grand avocat était dans un de ses jours de bel appétit et de belle humeur, ce qui se remarquait d'autant plus que les autres convives, même la jeune Marthe, parlaient peu et mangeaient du bout des dents. Jamais, cependant, maîtresse de maison ne fit avec une grâce plus charmante les honneurs d'un repas plus exquis.

Au dessert, Lucien Sireuil se leva, portant, à la vieille mode, la santé des futurs époux. Chérancy et la comtesse ne purent se retenir d'échanger un regard, tant ce toast leur en rappelait un autre : celui du déjeuner de la Sainte-Claire, au bord du ruisseau, limpide et joyeux alors, à cette heure morne et glacé comme leurs âmes.

La voix de Nadia, quand elle répondit, avait d'étranges vibrations qui firent tressaillir tout le monde.

— Chers amis, les seuls que je possède ici-bas, dit-elle, je vous aime tous tendrement. N'oubliez jamais, jamais, cette petite table autour de laquelle nous sommes, et ces mots que je me suis répétés souvent depuis quelques mois : de tous les trésors de la terre, ceux du cœur sont les plus difficiles à garder. Que ceux d'entre nous qui les possèdent veillent bien sur eux ! Une fois perdus...

La voix de celle qui parlait se mit à trembler et, par prudence, elle n'en dit pas davantage. Elle se leva ; ses convives la suivirent au salon, et chacun put voir que sa main était agitée, tandis qu'elle versait le café dans les tasses. Sur ses instances, les hommes allumèrent des cigarettes. Elle-même en prit une.

— Vous savez bien que je suis à moitié
Russe, dit-elle en manière d'apologie. Quelquefois même, — et ses yeux cherchèrent ceux
de Paul, — je le fus un peu trop. Mais l'expérience m'en a corrigée. Donnez-moi du feu,
ami, et ne me grondez pas. Je vous jure que
voici ma dernière cigarette.

Elle avait les yeux brillants, le teint coloré,
les lèvres très rouges. Rarement, elle avait
été si près d'être jolie. Tout le monde se demandait la cause de cette excitation fiévreuse
et fixait sur elle des regards inquiets. Elle
semblait ne pouvoir rester en place et parcou-
rait le petit salon d'un pas nerveux, tout en
aspirant la fumée odorante du *latakié*. Devant
le tableau peint par Chérancy, et qui la représentait dormant dans le vagon, elle fit une
longue pause et sembla se perdre dans une
pensée singulièrement douce. Puis, se retournant :

— Mon bon Sireuil, dit-elle tout à coup,

20.

je vais vous faire un cadeau. Je vous donne l'image d'une amie et l'œuvre d'un habile homme qui aura mieux à faire, bientôt, que de devenir un grand peintre. C'est un grand' cœur, ce qui vaut mieux.

— Je n'accepte pas votre cadeau, répondit Sireuil. Jamais de la vie ! Vous voulez donc me brouiller dès le premier jour avec votre mari ?

— Soyez tranquille. Je me charge de lui faire entendre raison. Demain, la toile sera chez vous. Elle n'en sortira plus, n'est-ce pas ? Mon cher Paul, assurez vous-même notre ami que j'ai votre autorisation.

Paul s'approcha de madame Fresnel et lui baisa la main.

— Aujourd'hui et toujours, ce que vous ferez sera bien fait, dit-il.

— Bon ! répartit Nadia sans le regarder. Voilà une parole dont je vous ferai souvenir avant qu'il soit longtemps.

Sur ces entrefaites, la bonne de Marthe

vint prendre sa jeune maîtresse pour l'aller
mettre au lit. Comme l'enfant, distribuant ses
baisers à la ronde, parvenait à sa tante, celle-
ci l'attira, et, s'asseyant dans un fauteuil, prit
encore une fois l'enfant sur ses genoux.

— Bonsoir, toi ! fit-elle. Bonsoir, ma bien-
aimée ! Bonsoir pour cette nuit et pour toutes
celles de ta vie ! Ange béni, va dormir ! C'est
si bon, le sommeil !... Que Dieu te récompense de ce que tu as fait aujourd'hui ; qu'il
en soit remercié ! Embrasse-moi, chérie, et
que ta mère te rende ce baiser pendant des
années, de longues, longues années !

Elle serra sur son cœur l'enfant qui étouffait ses sanglots, gagnée par l'émotion inex-
plicable de ces paroles où semblait se cacher
un adieu. Dans la pièce, un silence de mort
régnait.

— Maintenant, sauve-toi, dit Nadia. Voici
l'heure où les petites filles doivent être cou-
chées.

—Morbleu ! grommela Lucien Sireuil quand

Marthe eut disparu, qui nous verrait tous les
quatre, en ce moment, ne se douterait pas
que nous sortons d'un dîner de fiançailles.

— Pourquoi? répondit madame Fresnel.
Ne saurait-on se fiancer autrement qu'avec
de grands éclats de rire? Je voudrais bien
vous y voir, monsieur l'homme toujours
gai!

— Oh! quant à moi, vous ne m'y verrez
jamais, Dieu merci! J'ai entendu trop de
charmantes personnes sangloter à la sacris-
tie, en voile blanc, ou dans mon cabinet,
en chapeau rose. Il faut croire qu'il en est du
bonheur conjugal comme des dents : on
pleure quand ça vient, on pleure quand ça
s'en va...

— Taisez-vous, vilain sceptique ! L'à-pro-
pros à rebours est donc une maladie chez
vous! Il y a trois ans, à cette même place,
vous souteniez que, à moins d'un mari ou du
couvent, toute femme est une vagabonde ; et
ce, précisément, parce que je ne pouvais avoir

ni le mari ni la cellule. Aujourd'hui, j'ai le
choix, vous me l'avouerez !

Depuis la fin du dîner, la comtesse considérait sa cousine avec de grands yeux, se demandant si Nadia ne devenait pas folle tout de
bon. Paul, non moins abasourdi, regardait
alternativement les deux femmes. La maîtresse
de maison comprit qu'il était temps de mettre
fin à ce malaise.

—Claire, dit-elle, tu as passé la nuit en wagon. Je te renvoie. Notre ami Sireuil va t'ac-
compagner à ta voiture. N'est-ce pas, cher
soutien des pauvres veuves ? Revenez me voir
demain matin ; j'aurai besoin de vos lumières.
Mon cher Paul, je vous garde dix minutes.
Bonsoir, Clairon.

Madame de Chalonne se leva, obéissant
comme un automate.

— A quelle heure me veux-tu demain ? fit-
elle.

—Je t'écrirai un mot. Au revoir. Embrasse-
moi, sœur !

Quand Nadia fut enfin seule avec son fiancé, elle vint à lui et, le regardant bien en face :

— Paul, demanda-t-elle brusquement, êtes-vous heureux de m'épouser ?

— Heureux, reconnaissant et fier, dit-il en appuyant sur chacun de ses mots.

— Vous venez à moi sans aucun regret, sans aucun souvenir qui vous trouble ?

— J'ai oublié tout ce que je devais oublier. Je me souviens de tout ce qui doit rester dans ma mémoire, et c'est beaucoup dire, Nadia. Mais, vous-même, qu'avez-vous ? Je vous trouve bien extraordinaire, ce soir, bien agitée.

— On le serait à moins. Je parie que vous le serez, vous, mon ami, quand je vous aurai dit la grande nouvelle : Claire de Chalonne se remarie.

— Oh ! s'écria-t-il avec une sorte d'horreur. C'est...

Il s'arrêta, cabré sur place, retenu par une volonté vaillante.

— ... C'est une grande nouvelle, en effet, acheva-t-il.

Puis il serra les lèvres, se demandant combien de minutes s'écouleraient avant qu'il pût sortir et respirer librement, seul, dans la solitude du boulevard désert. Nadia reprit, les yeux toujours fixés sur Paul :

— Vous ne me demandez pas le nom? Vous n'êtes pas curieux. Elle épouse un homme qu'elle aime depuis longtemps.

— Ah ! qu'elle aime depuis longtemps? répéta Paul comme un écho. Elle aimait quelqu'un? Vous le saviez?

— J'avais cru deux ou trois fois le deviner. Mais elle s'en cachait comme d'un crime. Pauvre Claire ! Pauvre Paul ! Vous seriez morts tous deux plutôt que de dire un mot. Ah ! que c'est beau l'honneur ! Mais, poussé à ce point, c'est dangereux. A force d'être honnêtes, vous, elle et moi, nous nous trompions réciproquement comme larrons en foire.

— Nadia ! fit Chérancy. Pourquoi me tendez-vous un piège? Assez d'émotions. Devenez ma femme et vivons enfin loin des orages.

— Il s'en est manqué de peu que je ne fisse cette folie ! Cher aveugle, vous n'avez donc pas vu que, dans mon cœur, l'amour est mort ?

Comme il faisait un geste de surprise douloureuse :

— Ingrat ! continua-t-elle en souriant. Le passé n'aurait-il pas dû vous apprendre à vous y connaître mieux? Oui, l'amour est mort; j'en sais quelque chose : c'est moi qui l'ai tué, tué par un mot. Il y a des mots terribles, irréparables. Et puis l'amour, la plus belle des choses de ce monde, est aussi la plus fragile. Parfois, dans le silence glacé d'une nuit d'hiver, vous avez entendu le bruit sec d'un vase de cristal que brisait une seule bouffée d'air froid. Moi aussi, à une certaine heure, j'ai entendu le bruit de notre amour qui se brisait. Le beau vase n'était plus entier; le charme était rompu; tout cela par ma faute.

Le cher passé est mort, aussi mort qu'Edmond de Roqueservière. Entendez maintenant ce nom sans colère et sans blasphème. Pardonnez-lui, Paul.

— Non ! répondit-il en remuant la tête. S'il n'avait point surgi entre vous et moi, nous serions parfaitement heureux à cette heure.

— Mais vous le serez ! Étendez la main ; prenez le bonheur que je vous donne : épousez Claire. Vous me disiez tout à l'heure : « Ce que vous ferez sera bien fait »

— Non ! En supposant que j'aime la comtesse de Chalonne...

— En supposant ! Pauvre ami ! Si vous aviez pu voir la figure que vous faisiez quand je vous ai dit son prétendu mariage !

— Femme cruelle ! Vous me ferez perdre la raison ! Mais enfin, si j'étais assez malheureux pour aimer votre cousine, ce serait une double folie. Elle ne m'aime pas !

— Elle ne vous aime pas ! Êtes-vous donc si

21

aveugle que vous n'ayez aperçu ce qu'a deviné l'instinct de Marthe ?

— Enfin, n'importe. Vous me conseillez un égoïsme lâche. Dans tout cela, vous ne parlez pas de votre avenir à vous.

— Demandez à Claire de vous montrer mes lettres ! Interrogez une autre femme, une sainte religieuse qui m'appellera bientôt sa fille, dont je regarde, presque chaque jour, la cellule avec envie ! Demandez-lui si, à certaines heures, je ne vous en voulais pas de me fermer cette porte que je franchirai demain.

— Jamais ! s'écria Paul, en prenant encore une fois dans ses bras la femme qu'il avait longtemps aimée. Viens, mon amie, ma femme ! Oublions cette soirée terrible ! Oublions tout ! Les nuages passeront ; notre vie est encore longue. Elle sera heureuse. Tu verras !

Nadia, comme endormie déjà dans son calme, ne résistait pas à l'étreinte.

— Va! tu es un noble cœur, dit-elle. Demain; je tâcherai de me repentir de t'avoir
aimé. Aujourd'hui, je ne peux pas encore. Tu
me donnes les adieux que je voulais. Oui,
mon Paul, je la voulais, cette minute! Mais
tu vois bien que tout est fini. Je suis dans tes
bras; j'ai la tête sur ta chère épaule; je sens
tes larmes qui coulent sur moi, et je te dis :
non!

Elle resta ainsi, perdue loin du présent
dans une longue rêverie, repassant dans son
esprit les cinq dernières années, depuis une
certaine nuit en wagon, jusqu'à sa conversation avec la petite Marthe, au coin de ce feu
dont les tisons brûlaient encore. Elle comparait les joies éprouvées aux tortures ressen-
ties, et, tout compte fait, songeait en elle-
même qu'elle ne voudrait pas refaire le chemin
parcouru.

— Maintenant, soupira-t-elle en se déga-
geant doucement, il est l'heure de finir notre
dernière soirée. Que de fois, en entendant la

lourde porte de ma maison se fermer sur vous, en suivant vos pas qui s'éloignaient dans la nuit déserte, que de fois j'ai dit : « Mon Dieu ! que rien de fâcheux n'arrive à mon bien-aimé sur sa route ! » Ce soir, mon ami, je ne suis pas inquiète pour le trajet qui vous reste à faire dans la vie. Vous avez Claire.

— Oh ! gémit Paul. Je crois être à côté de votre lit de mort.

— Bien loin de là. Vous prenez congé d'une pauvre femme très lasse, et qui va se reposer enfin ! Mon ami ! mon cher Paul ! écoutez-moi. Ne me quittez pas dans la croyance que je me suis sacrifiée pour vous. Je sais de quoi est capable votre dévouement, mais il n'aurait pu refaire ce qui a été. Je vous jure — ce sera la dernière parole méchante que vous entendrez de Nadia — je vous jure que vous n'auriez pas pu me rendre aussi heureuse que je vais l'être.

Ils se quittèrent. Une fois encore, le bruit de la lourde porte qui se refermait fit trembler

la voûte. Une fois encore, derrière son rideau
soulevé, Nadia regarda s'éloigner Paul de
Chérancy.

Elle eut le dernier et cruel bonheur de le
voir disparaître lentement, son mouchoir sur
les yeux, pleurant à chaudes larmes.

Personne n'était là pour voir si elle pleurait, la pauvre isolée !

———

Dans une villa petite, mais charmante,
située dans un coin sauvage au bord de la
Dordogne, entre Bergerac et Lalinde, on a vu,
l'autre printemps, s'installer sans bruit de
nouveaux hôtes. Les Chérancy passent, cachés
dans ce joli coin, les deux tiers de l'année. Le
Salon les rappelle à Paris durant les mois
d'avril et de mai, car le peintre est plus que
jamais fidèle à son art. L'automne appartient
à la Prée, dont le voisinage a fixé les nouveaux
époux dans le choix de leur résidence. Les
vieux Chalonne accueillent à bras ouverts non
seulement leur petite-fille Marthe, la future

châtelaine du lieu, mais aussi un très jeune frère de celle-ci, le meilleur portrait de sa femme que Paul fera jamais.

Durant les voyages de Paris, Marthe s'éternise plusieurs fois par semaine au parloir de la rue de Sèvres ou dans le magnifique jardin, en compagnie de la révérende Mère Claire-Marie-Pauline, qu'elle appelle toujours tante Nadia. Mademoiselle de Chalonne est une héritière à marier, ou peu s'en faut. Elle a eu le temps de grandir, sa mère n'ayant pas voulu entendre parler de second mariage avant les derniers vœux de sa cousine.

Elle semble, d'ailleurs, vouloir réparer le temps perdu. Ceux qui, jadis, la jugeaient froide, auraient peine à la reconnaître. Car elle se dédommage, dans le fier bonheur de la passion partagée, des longues années qui s'écoulèrent sans qu'elle connût l'amour, des mois, plus longs encore à son gré, durant lesquels il fallut ne pas montrer qu'elle aimait.

Souvent Paul de Chérancy vient lui-même

reprendre sa belle-fille au couvent. Ses courtes entrevues avec la religieuse ne laissent à
aucun des deux ni trouble ni tristesse, car
Nadia est une sainte en même temps qu'une
femme heureuse.

Seul des personnages de ce récit, *Bramatuero* regrette le passé. La neige des longs
hivers de Panticosa lui manque ; le climat
trop doux de la Prée ne convient pas à ses
poumons de montagnard. Vieux, morose,
languissant, moins caressé, le pauvre chien
éprouve, comme il arrive pour trop d'humains.
que le bonheur des uns est fait ici-bas du
malheur des autres.

FIN

BOURLOTON. —

Imprimeries réunies. **B**, rue Mignon.

www.ingramcontent.com/pod-product-compliance
Lightning Source LLC
Chambersburg PA
CBHW070258030726
47505CB00004B/849